高橋源一郎の飛ぶ教室

—はじまりのことば

Eurus
Notus
Boreas
Zephyrus

岩波新書
1948

ラジオ、声、ことば

こんにちは。はじめまして。作家の高橋源一郎です。

二〇二〇年の春、NHKのラジオ第一で、「高橋源一郎の飛ぶ教室」というラジオ番組が始まりました。およそ一時間の番組です。最初の半分が、本についてのお話、残りの半分が、ゲストをお招きして、そのお話を聞きます。ぼくは、そこでパーソナリティーをしています。パーソナリティーというのは、そのラジオ番組でおしゃべりを担当する人。それがどんな番組なのか、どんなおしゃべりをぼくがしているのか、興味を持ってくださった方は、一度聴いてみてください。毎週金曜日の夜九時五分からです。

番組冒頭の約三分間、ぼくはひとりでおしゃべりをします。そのための原稿を書いていきます。決まっているのは「こんばんは。作家の高橋源一郎です」と始めること。そして、最後に「それでは、夜開く学校、飛ぶ教室、始めましょう」で終わること。他にはなにも決まっていません。その日にふさわしいことばを考えるだけです。

いちばん大切なのは、それは黙読するためのことばではなく、読まれるためのことばであること。同じことばでもちょっとちがいます。というか、ぜんぜんちがいます。

同じことばでも、楽しそうにいえば楽しく聴こえ、悲しそうにいえばと悲しく聴こえます。なんの意味もないただの挨拶のことば、たとえば、「おひさしぶり」だって、大好きな人からいわれたら、すごくうれしく、楽しい。どんな音楽を聴くよりも、美しく聴こえます。

毎週一回、どこかで聴いてくれているリスナーの耳に届くように、ことばを選び、そしてマイクの前でしゃべります。そのことばを集めて、一冊の本にしました。それが、この本です。

ぼくは作家だから、紙の上にことばをつづります。でも、そのことばも、ほんとうは「声」なんじゃないかと思います。いや、「声」であってほしい。ラジオから流れる「声」のように、親しい人がすぐ近くでしゃべっているときの「声」のように。いつの間にか聞きいってしまう。そんな「声」のようなことばを書きたいとずっと思っています。だとするなら、この本もまた、「ラジオ」みたいなものなのかもしれません。

それでは、夜開く学校、「飛ぶ教室」。その最初のことば、始まります。

目次

ラジオ、声、ことば

1年目　前期　十九歳の地図……1

1年目　後期　世界がひとつになりませんように……63

2年目　前期　その人のいない場所で……133

2年目　後期　いつもの道を逆向きに歩く……185

終わりのことば……247
特別付録　さよならラジオ……249
ほんとうの終わり……267
本書でとりあげられた作品ほか一覧

1年目　前期

十九歳の地図

はじまりはじまり

こんばんは。作家の高橋源一郎です。

新しいラジオ番組が始まります。みなさん、お初にお目にかかります。よろしくお願いします。

何か月か前、新しいラジオ番組をやりませんか、と声をかけていただきました。うれしいな、と思いました。そして、その瞬間、閃いたのです。まず、番組の名前が。それが、「飛ぶ教室」でした。

みなさんもご存じだと思います。『飛ぶ教室』は、ドイツの作家エーリッヒ・ケストナーの有名な作品で、児童文学の傑作です。ケストナーはこの作品を一九三三年に発表しました。一九三三年といえば、ナチスが政権を奪った年です。そして、この年、「非ドイツ的」という理由で、ケストナーの作品を含めてたくさんの本が燃やされました。自由がどんどん奪われていく、その中で、ケストナーはわざわざその現場を見に行ったのでした。自分の本が燃やされるのを見ながら、ケストナーはなにを考えていたのでしょうか。

『飛ぶ教室』は、ドイツのギムナジウム、日本でいうと小学校五年生から大学一年生までの九年間、寮生活をおくる学校を舞台にした、そこに集まった子どもたちと、素晴らしい先生たちの織りなす物語です。社会や権力からの押しつけではない教育、自由を求める子どもたちと先生の行動が、ほんとうに美しく、素敵に描かれています。

遥か昔、『飛ぶ教室』を読んでからずっと、この「飛ぶ教室」というタイトルで、あるいはその考え方に基づいて、授業をしてみたい。学び、教える場所を作ってみたい。そう考えてきました。少し前には、「飛ぶ教室」というタイトルで、私塾のようなものを、やり始めたばかりだったのです。だから、ラジオの新しい番組と聞いたとき、最初に浮かんだのが「飛ぶ教室」だったのです。

「飛ぶ教室」は、どんな時代にあっても自由でいられる、そういう場所でありたいという願いをこめて、ケストナーがつけた名前でした。それから、自由であるだけではなく、楽しくなきゃ、という意味もあるのです。いや、さらにもうひとつ、世界のあらゆる場所に飛んでゆく、という意味もあるのだそうです。誰もが自由に生きられる、どんな世界へもあっという間に飛んでゆける教室。なんてラジオ番組にふさわしいタイトルではありませんか。これから、みなさんと、遥か遠くまで飛んでゆきたいと、心の底から思います。

それでは、夜開く学校、「飛ぶ教室」、始めましょう。

2020年4月10日

学校へ行く、ってどんなこと？

こんばんは。作家の高橋源一郎です。

つい最近、絵本作家の五味太郎さんのインタビューを読みました。それはとても考えさせられる内容でした。コロナが流行り出し、みんなが不安になっているとき、「どう思われますか、この不安定で、混乱した状況を」と五味さんは訊ねられました。すると、五味さんはこう訊ね返したのです。

――逆に訊くけど、その前は安定していたの？……いまこそ考えるときなんじゃないかな。学校へ職場に行くのが正常だってわけじゃないのかもしれない。家にいたくないから職場に行くってやつがいたって、わかったんじゃない？

そして、五味さんは、子どもたちには「これがチャンスだぞって言いたい」とおっしゃいました。

――こういうときって、よくいわれるのが、「早く元に戻ればいい」とか「早く元に戻りたいなあ」ってこと。でも、ほんとうにこの新型コロナウイルスが流行る前に戻るべきなんだろうか。あの生活はほんとうによかったのか、それ以前の社会や学校は良かったのか？って、そんなことを考えるべきなんじゃないかな。

おもしろいいい方ですね。でも、ほんとうに、そうなんじゃないかな。ぼくもそう思いました。五味さんは、さらにこうおっしゃいました。

――学校に行きたくない子どもに、親が「行きなさい！」っていうのは、まるで、「お風呂が熱いよお！」っていっている子どもに、親が無理矢理「肩まで浸かって一〇〇まで数えなさい」っていってるようなものじゃないかな。熱さに耐えることに意味なんかないけれど、この熱さに耐えられれば、なんにでも耐えられる。そうすれば、この先に、卒業証書、修了証書、そして退職金……とつづいてゆく。よく考えると、学校に行くことなんかに意味なんかあるんだろうか。そう思えてくる。でも、みんな考えない。疲れちゃってるから。考えるのって、ほんとうはおもしろいはずなのに。そんなことを繰り返しているうちに、自分がなにをしたいのかもわからなくなっちゃってる。自分で判断するんじゃなく、なんでも誰かに見てもらって、点数をつけてもらって、休みもお金ももらうんだ。

それを、五味さんは「学校化社会」と名づけたのでした。

そういうと、「五味さんみたいに好きな仕事をやっている人はいいよね」っていう人もいるかもしれない。でも、「イヤイヤ行く」か「好きで行く」か、どちらかの選択なのかもしれません。いままでなら、学校に行くことも、会社に行くことも、疑いすらしなかった。でも、行くことが難しくなったいまこそ、「そうか。学校に行くってどういうことなんだろう」とか「会社に行くってどんな意味があるんだろう」とか、そんなことを考えるときなのかもしれませんね。

それでは、夜開く学校、「飛ぶ教室」、始めましょう。

2020年4月17日

「コロナの時代」に「論語」を読むこと

みなさん、こんばんは。

このたび、孔子の偉大な古典をぼくが訳した、『一億三千万人のための『論語』教室』という本を広く読んでもらえることになりました。

そもそも、二千五百年も前に書かれた本を、いま読む意味なんかあるんだろうか。そう思っていませんか。かくいうぼくも、翻訳するために『論語』の頁を開くまでは、同じ考えでした。なんか、権威あるっぽいし、時代劇とか見ると、文字が読めそうな日本人は全員読んでいたみたいだけど(よく知らないけど)、『論語』といえば出てくる、有名な「仁」とか「礼」とか「孝」とか、なんだか怪しいし、ウザいし、古いし、って。

けれども、『論語』を繰り返し読むうちに、ぼくは、根本的な思いちがいをしていることに気づいたのです。

だいたい、読まずに（「古い！」とか「反動的」とか「ジジクサ！」とか）判断を下すのはおかしい。そんなにひどい本なら、二千五百年もベストセラーになっているはずがありません。

それから、少しずつ、ぼくは、『論語』のことばを、いま生きているぼくたちのことばに置きかえていったのです。何年も、何年もかけて、そのプロジェクトはつづきました。

気がつくと、ぼくは、その二千五百年も前に生きていた孔子というセンセイのレッスンを聴く生徒になっていたのでした。不思議でした。どうして、このセンセイはあんなに昔の人なのに、しゃべることばがどれも、いま生きるぼくたちにぴったりのものとして響くのだろう。

孔子が生きていたのは諸公が各地で乱立して支配し、社会が混乱をきわめた時代でした。戦乱、疫病、飢饉。そんな中で、庶民たちが辛酸をなめ、苦しみのどん底にあるのを見た孔子は、彼らを救うことのできる社会を求め、弟子を連れて各地をさまよいました。優れた政治理論家であり哲学者でもあった孔子は、実は、なにより目の前の現実を変えようと願う「革命家」でもあったのです。彼の目には、いつも、政治に翻弄される庶民の姿がありました。

いま、センセイが生きていたら、どんなことをおっしゃるだろう。というか、絶対、役に立つことをいってくれると思うんだけどなあ。そんなことを考えながら、センセイのことばに付き合ううちに、二十年の月日が流れ、センセイのことばを現代語にするプロジェクトは終わったのです。

幸い、『一億三千万人のための『論語』教室』は好評で迎えられました。よかった、よかった。これで、センセイの恩に報いることができた。そう思っていたら、みなさんもご存じのように、「新型コロナ」がやって来たのです。

外に出られぬ日々を過ごしながら、ぼくは、久しぶりに、センセイのことばが詰まった本を開いてみました。ああ、こんなことをおっしゃっていたのか。ええ？　こんなことも。おかしいなあ、自分で訳したはずなんだけどなあ。そんなことを考えながら、また、夢中で読み返したのです。

時代が変わるごとに、変わってゆく本。状況が変わるごとに、ちがった読み方ができる本。そんな、生きている本があります。ぜひ、読んでください。センセイが、二千五百年前の人間だって、絶対信じられないと思いますよ。センセイは、この時代を予期していたのかもしれませんね。

2020年4月24日

最後のことば

こんばんは。作家の高橋源一郎です。みなさん、どうお過ごしでしょうか。

先週は、荒川洋治さんの「文学は実学である」ということばを紹介させていただきました。たくさんの反応がありました。とてもうれしい反応が多かったのです。荒川さんは、「文学は世間では役立たない」という、文学の側の人間もつい持ってしまう弱い気持ちなど持っていませんでした。文学には「読む人の現実を一変させる激しい力がある」とおっしゃったのです。ぼくも作家のひとりとして、そう信じたいと思ったのでした。

ところで、そのことばを紹介しながら、頭に浮かんできたことがひとつあります。「ＴＥＤカンファランス」をご存じでしょうか。毎年、バンクーバーで開かれる世界的な連続講演会で、世界中から著名人、ときには無名の人がプレゼンターになります。最近では、ビル・ゲイツが有名ですね。これは動画で無料配信されていることでも知られています。

その「TED」でもっとも有名な講演のひとつが、指揮者ベンジャミン・ザンダーが行なった「音楽と情熱」という講演です。そこでザンダーは荒川さんのように、「クラシック音楽なんか、もう誰も聴かない」と歎くのではなく、「これは人間の魂に深い影響を与えて変えてしまうものだ」といい、実際に、二十分の講演と短い演奏の後、千六百の聴衆をクラシックファンにしてしまいました。なぜそれが可能だったかはご覧になってください。

ザンダーは講演の最後に、アウシュビッツ強制収容所の生き残りのある女性のことばを伝えています。十五歳のとき、列車でアウシュビッツに連れてこられた彼女は、一緒に来た八歳の弟が靴をなくしたのを見て「なんてバカなの！　自分のこともできないなんて！」といいました。哀しいことに、これが彼女が弟に最後にいったことばになりました。弟は生きて戻れなかったのです。彼女は誓いを立てました。「生きて戻れるなら、それが最後のことばになるとしたら、耐えられないようなことばを二度といわない」と。彼女にとってことばとはそういうものになったのです。ことばを大切にしてください、というザンダーのメッセージです。ラジオにおいても、また。

2020年5月1日

突然の「夏休み」

こんばんは。作家の高橋源一郎です。今夜も、「飛ぶ教室」の時間がやって来ました。みなさんは、いかがお過ごしでしょうか。

緊急事態宣言が出てから、すっかり生活が変わってしまった、という方も多いのではないかと思います。警戒をしながら、それでも外で仕事をしなければならない人たちがいます。テレワークで、いまはずっと家にいて仕事をしなければならない人たちもいます。そして、この時期、仕事をなくしたり、休まざるを得ず、ずっと家にいることになった人たちも多いと思うのです。突然訪れた休暇にとまどっている、どう時間を過ごしたらいいのかわからない、そう話してくれる知人も、びっくりするほど多いように思えます。ぼくも外に出るのは仕事場と家の往復のときだけ、仕事のために外出することはありません。このままだと夏まで家族以外の誰とも話す機会がないことになるかもしれない。まるで、社会全体が、突然の長期休暇をとらされたかのようです。あるいは、子どものころ以来、何十年ぶりかに夏休みが来たようにも思えます。はやく、元の世界、社会に戻りたい。そう思いながら、同時に、ほんの少し、心の底で、「夏休み」を味わっている自分に気づくのです。とりわけ、小学生の低学年だったころの夏休み。あのころ、夏休みは永遠につづくかのようでした。そして、終わらなければいいのに、とも思ったのです。

学校という社会、勉強という子どもの義務から離れ、それほど教育のプレッシャーが強くなかった六十年前、ひとことでいうなら、夏休みは、子どものぼくにとって「自由」の象徴そのものでした。母の実家に行き、起きてから寝るまでの時間、ひたすら遊んでいたあのころ。仏壇のある部屋に寝ころがって、飽きるまでずっとマンガを読み、外を走り回っては、蟬をとり、夜は花火。そうやってぼくたちは成長していったのです。子どもだったぼくたちは、「夏休み」の過ごし方を知っていました。けれど、おとなになったぼくたちはその過ごし方を忘れてしまっているような気がします。だとするなら、もう一度「夏休み」、長い休暇の過ごし方を学び直す必要があるかもしれません。あのころ、「夏休み」を過ごしたぼくたちは、ずっとおとなになって、成長して、戻って来たのでした。今度の長い休みも、あのころよりももっとずっと成長して、戻ってこられたらいいのですが。

2020年5月8日

微笑みの記憶

こんばんは。作家の高橋源一郎です。今日は二時間ずっと本の話をするつもりです。ぼくも、とても楽しみです。「本は生活必需品だ」という読者の声に押されるように、大手の書店がひさしぶりに営業を始めました。そうですね。読むだけなら電子書籍でもいいけれど、紙の本には、それ以上のなにかがあります。

中学生のころ、父の実家に下宿していた工学部の大学院生で、ぼくも勉強を教えてもらっていたTさんに岩波文庫をもらったことがあります。トーマス・マンの『トニオ・クレーゲル』でした。難しい専門書ばかり読んで勉強している、堅物の彼が小説なんか読むのかとおどろいたのを覚えています。「源一郎くんが、こういうの読むのかわからないけど」とTさんはいいました。ぼくはお礼をいったけれど、実はマンには興味がなく、本棚にしまったままでした。

そのTさんは、田舎育ちの秀才で、下宿でもずっと勉強ばかりして、大学では実験ばかりやっていて、遊びというものを知りませんでした。世話をしていたぼくの叔母がよくその話をしていました。「あの人、女の子と付き合ったことはもちろんないし、話すだけで真っ赤になるんやで」と。一度だけ、珍しく、合コンのようなものに誘われたTさんが戻ってきたので、さっそく叔母が「どんな話をしたの？」と訊くとTさんは、恥ずかしそうに「なにを話していいのかわからないので基礎工学の話をしました」と答えたそうです。残念なことに、Tさんに声がかかることは二度とありませんでした。でも、Tさんはほんとうに笑顔を絶やさぬ、悪意というものをまるで感じさせない人でした。

本をもらった翌年の夏のことです。田舎に帰省《きせい》中にTさんが脳溢血で突然亡くなりました。まだ二十五歳でした。部屋の荷物をとりに来られたのはお父さんで、「お世話になりました」と頭を下げて帰られました。空っぽになったTさんの部屋で、ぼくは初めて『トニオ・クレーゲル』を読みました。主人公のトニオは、自分にはないものを持つ者たちに強い憧れを抱く少年でした。そして、恋する少女が楽しげに踊るのを部屋の隅でじっと見つめることしかできなかったのです。ぼくにとっての『トニオ・クレーゲル』は、そんな本、微笑みの記憶だけを残して、一瞬の風のように消えていった、いまのぼくよりもはるかに若い、ひとりの若者の姿と共にあります。みなさんに、そんな本の記憶は、ありますか？

2020年5月15日

ホームとアウェイ

こんばんは。作家の高橋源一郎です。いかがお過ごしでしょうか。

最近になって覚えた単語、それからことばだけは知っていたけれど、初めて、それがなになのかわかったものがいくつもあります。Zoom、Skype、Teams、その他。もしかしたら、みなさんもそうかもしれませんね。

ところで、ぼくはもう大学をやめましたが、実はまだ教えている学生たちがいます。そんな彼らのために、二日前、初めてオンライン授業をしました。ほんとうにできるのか、そもそも、みんな参加してくれるのか、少々不安でしたが、定刻の時間が来ると、一斉に、学生たちが画面の上に並びました。なんだか、とてもうれしかった。だって、みんなの顔を見るのもひさしぶりだったから。それから一時間と少し、これから、どうやって授業を進めてゆくかを話しました。そして、不思議なことに、それは、学校での授業より、なんだか素敵だと思ったのでした。パソコンを閉じた後、どうしてだろう、と考えました。なぜ、学校での授業よりウキウキしたのだろうか。画面上の彼らの顔は、学校で見るときよりも、リラックスして、楽しそうでした。もしかしたら、彼らにとって、学校はアウェイで、あのときは、自分の「ホーム」だったからなのかもしれません。楽しそうに話す彼らは、みんなくつろいだ格好で、そんな彼らの後ろに、おそらくは彼らの部屋の一部が映りこんでいて、ぼくの知らなかった彼らの日常を教えてくれました。

教師が一方的に知識や情報を学生に流しこむのは、講義でも教育でもありません。たとえば、ぼくが携わっている文学で、学生たちに知ってもらいたいのは、ことばというものとどう付き合えばいいのか、ということです。そのためには、自分で考える場所と時間が必要です。もしかしたら、教師のことばに耳をかたむける場所として、自分の部屋以上のものはないのかもしれません。いろいろな理由で、外に出られない、学校に行けない子どもたち、学生たちもたくさんいます。そんな彼らも、画面の上でなら参加できる。もちろん、実際に人と会うことは、とても大切です。それを知っていて、なお、この特別な時期にできること、その可能性を考えてみたいと思ったのでした。それに、ですが、オンライン授業なら、イジメはありませんよね。

それでは、夜開く学校、「飛ぶ教室」、始めましょう。

2020年5月22日

イヤフォンをはずしたままで

こんばんは。作家の高橋源一郎です。

先週土曜、久米宏さんのラジオに出演させていただきました。それまでにも、久米さんの番組には何度か出させていただきましたし、逆に、久米さんをお招きしたこともあります。ラジオの世界では大先輩ですので、いつも緊張してお話しします。

ところで、久米さんの番組に出ておどろくことがいくつかあります。まず、なんといっても、台本通り進行しない、ということです。いや、それどころか、台本に書いてあることを久米さんはまったくおっしゃらない。あえて無視していらっしゃるのかな、と思っていました。というか、どう見ても、あえて本番ではしゃべらないことばかり台本に書いてあるとしか思えないのです。台本に書いてあることを質問すれば、その質問への回答は当然、頭の中に作ってあります。久米さんは、それがイヤだったのでしょう。突然の、予期せぬ質問をすれば、訊かれた方も素になって、本音をもらすしかありません。

もうひとつ、おどろいたのは、番組にお招きしたとき、久米さんがイヤフォンをつけなかったことです。イヤフォンは外部に繋がっていて外のスタッフと連絡をとることができます。このときも、どうしてイヤフォンをつけないのですか、と久米さんにお訊きしました。すると、久米さんは、「だって縛られているみたいでイヤじゃないですか」とおっしゃり、さらに「タカハシさんもとってみたら」と付け加えたのです。断るわけにはいきませんよね。その後、ぼくは、ラジオ番組に出演するようになって初めて、イヤフォンをとりました。最初のうちは、ものすごく不安でした。そして、思ったのです。どうして不安なんだろうって。台本に書かれていないことを訊かれたときも、イヤフォンをはずしてしゃべったときも、ぼくは「ひとり」でした。それは、孤独であることの不安、なにもかも「ひとり」で対処しなければならない不安でした。そして、ふだんも、ぼくたちは、いろんなものに頼って生きているのだな、と気がついたのです。知らず知らずのうちに。たとえば、世間や社会の価値観に。

なにも持たず、たったひとりで立つことは不安です。けれども、また気がついたのでした。目の前に、やはりたったひとりでしゃべっている久米さんがいることに。それから、マイクの向こうで、耳を澄ませて聴いてくださっているたくさんのリスナーがいることにも。孤独ではない。ただひとりで立って、どこかにいるひとりに話しかけているのだ、ということに。

それでは、夜開く学校、「飛ぶ教室」、始めましょう。

2020年6月5日

「ことば」に感染する

こんばんは。作家の高橋源一郎です。少しずつですが、日常が戻りつつあります。みなさんはどうでしょうか。

前回の放送の直後、おそらくはＳＮＳでの誹謗中傷のせいで、ひとりの若い女性が命を絶ちました。その、痛ましいニュースを耳にしながら、ぼくは、この番組でも紹介した、「新型コロナウイルス」の流行以降、世界中でもっとも読まれている本、カミュの『ペスト』の、ある登場人物のことばを思い出しました。彼は主人公である医師のリウーにこう告白します。

「誰でもめいめい自分のうちにペストをもっているんだ。なぜかといえば誰一人、まったくこの世に誰一人、その病気を免れているものはないからだ。そうして、引っきりなしに、自分で警戒していなければ、ちょっとうっかりした瞬間に、ほかのものの顔に息を吹きかけて、病毒をくっつけちまうようなことになる。自然なものというのは、病菌なのだ。そのほかのもの

――健康とか無傷とか、なんなら清浄といってもいいが、そういうものは意志の結果で、しかもその意志は決してゆるめてはならないのだ。りっぱな人間、つまりほとんど誰にも病菌を感染させない人間とは、できるだけ気をゆるめない人間のことだ。しかし、そのためには、それこそよっぽどの意志と緊張をもって、決して気をゆるめないようにしていなければならんのだ」

口から出る「息」に含まれ、他人に感染して傷つけるもの。いうまでもなく、それは「ことば」に他なりません。「ペスト」を、いや、あるゆる、人を傷つけるウイルスを、ぼくたちはみんな持っているのです。ぼくは半世紀以上も前から、カミュの愛読者で、およそ手に入るものはみんな読んできましたが、いまのことばに、カミュが生涯をかけたメッセージが詰まっていると思っています。人を傷つけることばを吐くことがいけないことは、誰でもわかる。けれども、なぜか、カミュは「誰一人、まったくこの世に誰一人、この病気を免れているものはない」というのです。

誰でも、自分は正しいと思って、ことばを発します。それでも、そのことばは、どこかで誰かを深く傷つける。どんなことばでも。それがいやなら、沈黙するしかありません。それを知りながら、カミュは、ことばを発すること、書くことをやめませんでした。だから、カミュのことばは、自信たっぷりではなく、とまどいながら、自分自身を疑いながら、怯えながら、書かれています。それだけが、「ペスト」のように感染し、人を傷つけることばにならない可能性を持つことを知っていたのです。

それでは、夜開く学校、「飛ぶ教室」、始めましょう。

場所の記憶

2020年6月12日

こんばんは。作家の高橋源一郎です。今夜は少し、家のお話をしたいと思います。いままで何度引っ越したか、記憶を探って書き出してみました。繰り返しを省き、生活拠点にしたところだけを数えると、三十二か所ありました。そのリストをながめていくと、前半の半分近くの家は、もう存在しないのです。

ぼくが生まれた母の実家、若い夫婦だった父と母が建てた小さな家、父が経営していた工場が倒産し、深夜、夜逃げをして上京し、最初に住んだ練馬の住宅、お金を使い果たした後、しばらく親子四人でひっそり住んでいた四畳半のアパート。どれも、もうありません。

瀬戸内寂聴さんの長篇小説『場所』は、瀬戸内さんがかつて暮らした、もっと正確にいうならかつて愛した男たちと暮らした場所を、数十年ぶりに訪れる小説です。男たちはすでにこの世を去り、瀬戸内さんはひとりで、思い出の場所を訪ねます。そして、記憶は脳裏にだけではなく、場所にも宿っていることを知るのです。

ひさしぶりにある場所を訪ねると、以前の記憶が一斉によみがえってくることがあります。ぼくたちの記憶のほとんどは、いつもは眠っていて、揺り動かされ、起こされることを待っているのだと思います。だから、大切な場所を失うことは、記憶そのものを失うことにほかなりません。けれども、それに気づくのは、大切なものを失ってからのことなのですが。

大阪にあった父の実家はもうありません。尾道にあった母の実家にはおとなになってからも少しのあいだ通いました。建て直されて、以前の面影がなくなり、やがて、建物も解体され、そこもまた売られて、行くべき場所はなくなりました。それでも、時々、ぼくは尾道を訪ねました。あるとき訪ねると、駅舎が壊され、モダンなものに変わり、駅前には日本中どこにでもあるショッピングモールができていました。そこはもう、ぼくの知らない場所でした。それからは、行っていません。記憶のない人間は、戻るべき場所のない人間です。そして、それは、とてもさびしいことだと思います。いま、ぼくの子どもたちは、生涯の眩しい季節を過ごしています。やがて、時がたち、ぼくもこの世を去った後、彼らの記憶の中で、ぼくはどんな姿をしているのだろう、と思うときがあります。それがどんな記憶であろうと、家やある特定の場所の記憶と共にあるはずです。それが、彼らにとっての、良き記憶であればいいな、と思っています。
それでは、夜開く学校、「飛ぶ教室」、始めましょう。

2020年6月19日

ほぼ叔父に育てられた

こんばんは。作家の高橋源一郎です。

こんな文章をネットで見つけました。ひっそり、あるサイトに投稿された、「ほぼ叔父に育てられた」というタイトルの文章です。こんなふうに始まります。「父親はモラハラで母に興味が無く気まぐれに私を殴り、母親はアル中で不倫中毒で家事一切しない、共働きで父母どちらも炊事洗濯掃除全くしない。そんな家庭で育った」。この、小さな物語の筆者の「母の年離れた弟」である叔父が大学生のころ、筆者の「私」が生まれました。母の子育てを危ぶんだ叔父は甥の世話をかって出て、ときには実家に引き取り、また、父母のもとにいるときには通って、甥である筆者を支えつづけます。大学に進学した後、父母と縁を切り、「私」は一人暮らしを始めます。そのころ、叔父はようやく結婚、新しく叔母となったその人も、とても良い人でした。やがて、自分が生まれた時の叔父の年齢になったころ、叔父の子が生まれます。初め

ての身内、いとこでした。「かわいい。ものすごくかわいい。何をしていてもかわいい。寝ていてもかわいい。泣くのもかわいい。寝返りもかわいい。はいずりまわるのもかわいい」こう書いていって、「かわいすぎてなんでもしてあげたい。いろんなものを買い与えて叔父に怒られた」とつづきます。ぜひ紹介したいと思ったのが、最後に近い、このような文章です。

「叔父は感情表現があまり無く強く怒りもしないが大きく喜んだり幼少期でも私を判りやすくかわいがったりしなかった。なので、私は、叔父は同情と義務感から私の面倒を見ているんだと思っていた。叔父の人生に私は邪魔だと思っていた。

もしかして、私はものすごく愛されていたのではないだろうか。幼い頃に見たビデオを思い出す。赤ん坊の私が寝転がってごきげんに風に吹かれているだけの5分間の映像。寝返りをするわけでもない。ただ時折笑い声をあげているだけの赤ん坊。それに合わせてカメラを構えているであろう叔父が小さく笑う声がする。ただそこにいるだけのいとこがかわいくてスマホのカメラを起動するたびにあのなんでもないビデオの映像を思い出す」。

ぼくの妻は、子どもたちが生まれてからずっと彼らの写真を撮りつづけています。素敵な写真が多いので、そういうと、妻はいいました。「愛しているからよ」と。微笑む顔が撮れるのは、信頼されているから。そのチャンスを逃さないのは、いつも見ているからなのですね。

それでは、夜開く学校、「飛ぶ教室」、始めましょう。

2020年6月26日

写真と記憶

こんばんは。作家の高橋源一郎です。
先日、父親が二歳の女の子を保育園に預けるのを忘れて車の中に放置し、亡くなってしまう、という痛ましい事件がありました。信じられないという声がある一方、専門家は、誰にでも起こりうるといっていました。実は、ぼくにも、少しちがった、でも同じような経験があります。ぼくがまだ二十代で、肉体労働をしていたころ、毎朝、子どもを保育園に預け、夕方には寄って、連れて帰っていました。その日もギリギリの時間になったぼくは、走り、汗だくになって園に着くと、保育士が不思議そうに「今日、お子さんはお休みでしょ」といったのです。その日は妻が家で子どもの世話をしていました。ぼくは、そのことをすっかり忘れて、いえ、子どもを預けたと思いこんでいたのです。いつの間にか、ほんとうの記憶は消え、いつもの習慣がニセの記憶にすり変わっていたのでした。

記憶のもろさで、忘れることができない、もうひとつの出来事があります。

「いちばん思い出深い写真はなんですか」と訊かれると、いつも、あげていた写真がありました。若い父と母が並んで、見事に美しい黄色い菜の花畑を背景に、微笑んでいる写真でした。仲がよいとはいえなかった両親でしたが、その写真では、とても幸せに見え、ぼくにとって、数少ない、忘れ得ぬ家族の美しい思い出の風景だったのです。ところが、あるとき、弟が突然、「兄ちゃんがよく書いてる、あの写真は、どこにあるの？」といいました。おどろきました。高橋家の家族写真は、ひとつだけある家族アルバムにすべておさめられて、弟が保管していたからです。「家族アルバムの中にあるよ」と答えると、弟は「そんな写真なんかないよ」と答えたのです。アルバムを確かめると、確かに写真はありません。剥がされた跡もなく、そもそも、カラー写真など一枚もなかったのです。

それから、ぼくはずいぶんと考えて、こんな結論にたどり着いたのです。記憶の中の、その写真は、下から見上げるように撮られていました。あるとき、偶然、両親は幼かったぼくの前に立ち、あの格好で、微笑んでいたのでしょう。いつも不穏で、幸福に感じられなかった両親の幸福そうな姿を見て、ぼくもまたひどく幸福だった。その瞬間を忘れられなくて、その風景は、やがて、ぼくの中で一枚の写真の記憶になったのかもしれません。そして、そのニセの記憶は、ぼくをずっと励ましつづけてくれたのでした。
それでは、夜開く学校、「飛ぶ教室」、始めましょう。

2020年7月3日

鏡の中の父親

こんばんは。作家の高橋源一郎です。

今日とりあげる植木等さんの本を読んでいて、父のことを思い出しました。ぼくの父は、いわゆる「昭和の父」でした。家庭を省みない人で、ほとんど家にいた記憶がありません。ギャンブルと酒にはまり、経営していた会社をつぶし、何度も家族は路頭に迷いました。苦しくなると、突然姿を消し、ほとぼりがさめると、恥ずかしそうに現れました。ウソつきで、子どもが大事にしているものを質屋に入れるような、要するに最低の父親だったのです。長い間苦しめられた母は、やがて家を出て、父はひとりになりました。正直なところ、いい気味だと思いました。父は七十六歳のとき、癌で亡くなり、母は葬式にも姿を見せませんでした。そして、ぼくは父のことをすっかり忘れていたのです。

父が亡くなって十年ほどたったある日、洗面所で二歳の長男に歯を磨かせていたときのことです。ふと目の前の鏡を見ると、父がぼくを見つめていました。一瞬、昼間に幽霊か、と思いました。自分のことをすっかり忘れた息子のところに化けて出たのか、と。でもすぐに、それが鏡に映ったぼくの姿であることに気づきました。なんだ……。いつしかぼくは父とすっかり同じ顔つきになっていたのです。鏡に、歯を磨いていた長男が不思議そうな目でこちらを見ている姿が映っていました。ぼくはひどく動揺していました。いま鏡に映っているのが父だとしたら、不思議そうにこちらを見ている、その子どもは、遠い昔の自分ではないのか。いや、あのころ、父もまた、いまのぼくが子どもに注ぐような愛情を隠しもっていたのではないのかと。凍っていた時間が溶け、いきなり、時間が半世紀も溯ったようでした。

その瞬間、忘れていた父の記憶が不意によみがえったのです。不器用ではあったが、父なりに示した子どもへの愛情、貧しくて、お菓子もないので、夜中にいきなりリンゴを鍋に入れ、砂糖で煮つめはじめた父。ぼくはすっかり父を忘れていたのに、父はぼくのことを忘れていなかった、そんな気がしたのです。

親と子はいちばん近くにいる他人だと思います。親は子どもを理解しようとしてできず、子は親を理解しようともしません。なぜなら、子どもはいつも、親ではなく未来を見ているからです。そして、親はその後ろから、子の背中を黙って見つめるだけなのかもしれません。そして、子どもは、自分が親になって初めて、自分がそうやって見られていたことに気づくのです。

それでは、夜開く学校、「飛ぶ教室」、始めましょう。

冷蔵庫を開ける

2020年7月10日

こんばんは。作家の高橋源一郎です。

この前、人生相談のコーナーで、こんなお手紙をいただきました。もう老境に入り、子どもも独立し、一人暮らしをしている妹に一緒に住まないかと声をかけ、住むようになった。けれども、すぐに妹は不機嫌になり、ここでは暮らせないといって家を出ていったというものです。その家は豊かで、家の人たちはみんな優しく、思いやりもあった。きちんと家族として迎え入れたのに、なぜだかわからない、というお訊ねでした。

その手紙を読んで、思い出したことがあります。父の仕事の失敗で、ぼくの家は何度も家族解散を繰り返しました。そして、そのたびに、ぼくや弟は両親の実家で暮らすことになったのです。母の実家は、オートバイや車を扱う仕事をする勤勉で豊かな家で、いつも社員が働いていました。祖父母も叔父や叔母も優しくて、特に叔父叔母は実の子どもたちとぼくを差別することなく公平に扱ってくれました。ちゃんと自分の部屋もありました。けれども、なんだか息苦しかったのです。

同じように、父の実家に預けられたこともあります。こちらはまるでちがっていました。かつては豊かな家だったけれど、没落したその実家には、祖母と叔母が住んでいました。他に行きどころのない親戚が住んでいたこともあります。祖母はわがままで頑固でマイペース。風呂上がりに半裸で出てきては顰蹙《ひんしゅく》をかっていました。叔母はというとジコチューでおっちょこちょい。家事も適当で、同じおかずがつづくこともありました。なにより、夜は、ふたりでこたつに入り、いつまでもテレビ三昧。働き者が揃って、食事が終わると、それぞれの部屋に戻る母の実家とは大ちがいでした。

あるとき、父の実家の台所で冷蔵庫を開けて中を探っていると、隣の部屋から叔母が「オバちゃんにもアイス持ってきて！」と叫ぶ声が聞こえました。「はーい」と返事をした瞬間、思い出したのです。母の実家で、ぼくは、冷蔵庫を開けることができなかった。母の実家で、ぼくはかわいそうな甥でした。親切にしてくれるみんなにこたえて「いい子」でいなければならなかった。だから、他人の家の冷蔵庫を勝手に開けて盗み食いするようなまねはできない。そう思っていたのです。

その家で、ぼくはずっと「お客さま」でした。けれども、父の実家では、「お客さま」ではなかった。なぜなら、祖母も叔母も欠陥だらけで、だからこそ、ぼくも「いい子」でいる必要がなかった。そこでは、自由でいられたのです。

それでは、夜開く学校、「飛ぶ教室」、始めましょう。

神様がいた！

2020年7月17日

こんばんは。作家の高橋源一郎です。

今週は、芥川賞・直木賞の発表がありました。受賞された高山羽根子さん、遠野遥さん、馳星周さん、ほんとうにおめでとうございます。作家にとって賞をいただくことはうれしいことですが、中でも、最初のもの、新人賞は特別です。たぶん、どんな作家でもそうだと思います。なぜなら、デビュー前の作家は、みんな、おそろしいほどに孤独だからです。

なにかを書きたい。書いて生きていきたい。そのために作家になりたい。そう思って、作品を書く。読者はひとりもいません。自分のことを知っている者は誰も。そんなことがときには、何年も、何十年もつづくのです。才能なんかないのではないか。無駄なことをしているのではないか。自分がやっていることには、なんの意味もないのではないか。考えると、おそろしさで震えそうになる。もうこんな無意味なことはやめようと思う。でも、次の日になると、誰も読まない小説を書きつづける。そんな孤独に悩んでいる無名の、作家以前の人たちが、何万も、何十万人もいる。もちろん、どんな分野でも、そんな人はいるでしょう。あるいは、生きていることは、そういうことの連続なのかもしれません。

ぼくは三十歳で初めてある賞の最終候補四篇の一つに選ばれました。応募作約千篇の中からです。そのとき、出版社から届いた連絡が、一生でいちばんうれしい電話でした。電話を切って、外へ出たら、地面がふわふわして、転びそうになりました。もう孤独ではない。そう思えたのです。編集者や選考委員が読んでくれる。生まれて初めての読者がいたのです。どんな判定を下されようが、ぼくの書いたものを読んでくれる人がいること以上の喜びはありませんでした。

歌人の穂村弘さんは、最初の歌集『シンジケート』を出した後、世間からなんの反応もなく、ショックを受けていました。会社につとめ、歌もできない。無名で、ひとりで、もしかしたら自分も自分の歌も誰にも知られず終わるのではないかと恐怖に打ち震えていた。そんなある日、穂村さんの歌集を、新聞の大きなコラムでとりあげた人がいた。それを読んだとき、穂村さんは「神様がいた！」と思ったそうです。以降の穂村さんの活躍はご存じの通り。そのとき、穂村さんの神様になったのは、実はぼくでした。

ぼくは、いちばん大切に、いちばん真剣に読むのは、無名の新人の作品です。だって、彼らの孤独が、ぼくにはよくわかるからです。

それでは、夜開く学校、「飛ぶ教室」、始めましょう。

2020年7月24日

年に一度、向かい合う

こんばんは。作家の高橋源一郎です。

いまから十年ほど前、子どもたちが保育園を卒園して、小学校に入学したころ、東京の赤坂に住んでいたことがあります。住んでいたマンションの同じフロアに、偶然、俳優の奥田瑛二さんの事務所兼住居がありました。奥田さんは、ぼくより学年は一つ上の同い年で、それまでに何度かお会いしたこともあり、ときどきお邪魔するようになりました。子どもたちも、すっかりなついて「奥田さんのところに行って来る」といって遊びに行くようになったのです。

あるとき、子どもの教育について話していたとき、奥田さんは、こんなことをおっしゃいました。奥田家では、年に一度、父親の前で、ふたりのお嬢さんが正座をしてきちんと話をする日があるそうです。そこで、ふたりは、これからの生涯をなにをして生きてゆくのかをきちんと話さなければならない。それが、奥田さんが子どもに施した唯一の教育だ、というお話でした。

これを年に一度、小学生のころから繰り返して、ひとりは、女優・安藤サクラになり、もうひとりは、映画監督で小説家の安藤モモコになったのです。ぼくは、奥田さんから話を聞いたとき、父親として、この人にはとうていかなわないと思いました。

奥田さんは小学生のとき、映画俳優になろうと固く心に決め、その決心は、生涯揺るがなかったそうです。高校生の三年間、ラグビーをやったのも、将来俳優になったとき、体力に不安がないように、とそのためだった。すべては、俳優になるための準備だったのです。

小学生のころから人生の目標を決め、そのためにすべてを賭けて生きてきた父親が、子どもに向かって、おまえたちにはどんな人生の目標があるのか、と訊ねる。年に一度、子どもは、親から真剣勝負を挑まれる。モモコさんは、その、年に一度の父との対決が、ほんとうに厳しかったとおっしゃっていました。これをしろとはいわない。どんな強制もしない。ただ、おまえはきちんと生きているか、と訊ねるのです。奥田さんは、素晴らしい俳優ですが、謹厳実直ではなく、スキャンダラスな生き方をしてきた人でもあります。でも、その後ろ姿は、子どもたちに深く尊敬されるものだと思います。そして、彼の後ろ姿を見て育った子どもたちは、高く、空に飛び立ったのでした。

それでは、夜開く学校、「飛ぶ教室」、始めましょう。

抱かれる場所へ

2020年7月31日

こんばんは。作家の高橋源一郎です。

北九州のキリスト教教会で牧師をされている奥田知志《ともし》さんとお話をしました。長くホームレス支援の活動をされ、テレビにも出ておられるので、見かけたことのある方も多いのではないかと思います。宗教家の枠にはまらない、とても素敵な方でした。今回は、奥田さんから教わった、ひとつのことばについて話したいと思います。奥田さんは、ご自分がかかわっている自立支援施設に「抱樸館」という名前をつけました。「ほう」は「抱く」という漢字、「ボク」は君・僕の「ボク」の左側がにんべんではなく、「樹木」の「木」になっています。そして「やかた」。では「ほうぼく」とはどんな意味なのでしょうか。奥田さんは、こう書いています。

「みんな抱《いだ》かれていた。眠っているに過ぎなかった。泣いていただけだった。これといった特技もなく力もなかった。重みのままに身を委ね、ただ抱かれていた。それでよかった。人は、そうしてはじまったのだ。ここは再びはじまる場所。傷つき、疲れた人々が今一度抱かれる場所――抱樸館。人生の旅の終わり。人は同じところへ戻ってくる。抱かれる場所へ。人は、最期に誰かに抱かれて逝かねばなるまい。ここは終焉の地。人がはじめにもどる地――抱樸館。

『素を見し樸を抱き』(素は素質の素です)――老子の言葉。『樸』は荒木。すなわち原木の意。『抱樸』とは、原木・荒木を抱きとめること。(……)樸は、荒木であるが故に、少々持ちにくく扱い辛くもある。時にささくれ立ち、棘《とげ》とげしい。そんな樸を抱く者たちは、棘に傷つき血を流す。だが傷を負っても抱いてくれる人が私たちには必要なのだ」。

ぼくたちは生まれて最初に経験するのは母親に抱かれることとです。そして、人生の最後には、無力になって誰かに抱かれて死んでゆく。最初と最後に抱かれる存在、それがぼくたちです。では、途中はどうなのでしょうか。誰かを抱きしめることは、近づくことで、それはときには傷つくこと、傷つけられることでもあるのです。いまぼくたちは、傷つけられることをひどくおそれるようになりました。だから、できるだけ他人から離れようとしています。そして、ひとりで閉じこもる。でも、それは、ほんとうはとてもさびしいことではないでしょうか。そんなことを「ほうぼく」ということばは教えてくれたのでした。

それでは、夜開く学校、「飛ぶ教室」、始めましょう。

2020年8月7日

答える

こんばんは。作家の高橋源一郎です。

今日は少し、就職のお話をしたいと思います。いまから二十年ほど前にまだ五十歳で亡くなった作家の景山民夫さんは、放送作家として活躍した後、小説を書くようになり、そちらでもベストセラーを生みました。そんな景山さんとは、よく仕事で一緒になりましたが、こんな話をしてくれたことがあります。

景山さんは、大学を中退した後、一念発起、まともな生活をしようと、親戚のコネで、某大手広告代理店に就職したのです。けれども、出社したその日、半日、自分の席に座った後、「ひるごはんに行ってきます」といって外へ出て、二度と会社に戻りませんでした。それから、いわゆる会社員になることは二度となかったのです。

景山さんは、こんなふうにいっていました。「ずっと、椅子に座って、周りの人たちのことばを聞き、みんながてきぱきと仕事に励んでいる様子をながめていて、これはもう、自分には絶対無理、絶対に耐えられないと思った」のだと。景山さんは、いったいなにに、なぜ、耐えられないと思ったのでしょうか。

実は、ぼくにも似た経験があります。二十代をずっと日雇いの肉体労働で過ごしたぼくは、三十近くなって、一度だけ、まともに就職活動をしたことがあります。正業につかねばと、大きな、ある公営企業の中途採用試験を受け、数百の応募者の中から、最終選考の面接に残った四人のひとりになりました。他の応募者たちがきちんと受け答えして、ぼくの番になったとき、「ここを応募した理由は」と訊かれた瞬間、用意していた、まともな、社会人らしい答えが口から出てきませんでした。絶句したのです。なにをしゃべったのかも覚えていません。うろたえながら、思いついたことばを呟いただけでした。もちろん、結果は不合格。

いったい、なぜ、あのとき、ぼくは用意してきた「まともな社会人になれる答え」をいえなかったのだろう。そう思うときがあります。もしかしたら、そのことによって、自分の未来が、望まぬ方向で決まってしまうことが怖かったのでしょうか。自分がほんとうにやりたいことは別にあるのに、それを誤魔化すのがイヤだったからでしょうか。少なくとも、そのとき、自分が決定的な瞬間にいる、と思ったことだけは覚えています。

学生たちを教えるようになり、彼らの就職の相談にのるようになりました。この話をすると、みんな、深くうなずいて、「わかります」といってくれます。「なにが？」というと「それがなにかはわかりません」とつづくのですが。

それでは、夜開く学校、「飛ぶ教室」、始めましょう。

2020年8月28日

8月15日からの手紙

こんばんは。作家の高橋源一郎です。

十四日の「高橋源一郎の戦争の向こう側２０２０」では、たくさんのメールや投稿もいただきました。ありがとうございました。残念ながら、読む時間がほとんどなかったので、今晩、これから、そのいくつかをご紹介させていただきたいと思っています。みなさんからいただいた投稿を読みながら、思ったことがあります。いまなお、「戦争」の記憶を鮮明に持っている方が残っていること。そして、そんな人たちが次々に去っていかれていることです。その人たちの記憶を、どんなふうに、生き残ったぼくたちは忘れずに残していけばいいのでしょうか。

母が亡くなって二十年近くたちました。その母が亡くなる数年前、突然、原稿用紙三百枚ほどの、手書きの「自伝」が入った小包を送ってきたのです。けれども、ぼくは、その小包を開封することもなく、ずっと放置していました。ぼくには無関係なものだと思ったからでした。

それを開けて読むことになったのは、最近のことです。母と一歳ちがいで、同じ広島県、同じように原爆投下を奇跡的に免れた主人公の映画『この世界の片隅に』を観たからでした。時代の空気そのものを再現することに成功していた、その映画を観て初めて、母の話を聞きたいと思ったのです。

それまで、ぼくは、両親や祖父母がする過去の話、戦争の話を、もう終わってしまった、自分に無関係なものと遠ざけていたのでした。そして、同じころ、ぼくは、昭和二十年に、フィリピンのルソン島で戦死した父の兄、ぼくの伯父さんの跡を追いかけて、現地に渡りました。ほんとうの戦没地はわかりませんでした。数十万の日本軍の大半が亡くなり、当時の状況は誰にもわからなかったからです。日本軍の最後の戦闘が行われたバレテ峠に立つ慰霊碑の前で、ぼくに顔がよく似ていたという、文学好きの青年のことを考えました。それまで、一度も真剣に思い出そうとしなかった、その青年のことを。

それが、どんな痛切な歴史であっても、誰にも無理矢理、記憶させることはできません。その人間にとって、それが必要な過去や記憶だと思えるようになるまでは。そして、心の底から、過去の話を聞きたいと思ったとき、その語り手はもういなかったりするのですが。

それでは、夜開く学校、「飛ぶ教室」、始めましょう。

2020年9月4日

「待つ」ということ

こんばんは。作家の高橋源一郎です。

今日は、この後、「ヒミツの本棚」で、鷲田《わしだ》清一《きよかず》さんの『「待つ」ということ』を読みます。誰もがする「待つ」ということ、その単純な「待つ」という行為に秘められた豊かさについては、後でじっくり考えるとして、ぼくにとっての、「待つ」という経験をひとつ、お話ししたいと思います。できるなら、みなさんにも、自分にとって、どんなふうになにを「待つ」ことがあったのか、思い出していただけるとうれしいです。

半世紀も前のことでした。十九歳の一月から八月にかけて、およそ七か月の間、ぼくは拘置所の独房で暮らしていました。前の年の大きなデモに参加して逮捕されたからです。そこで、ぼくは、生涯でいちばん苦しい「待つ」という経験をすることになりました。ひとつは、保釈されるのを「待つ」ことでした。

裁判も始まらず、いつ保釈されるのか、まったくわからないまま、いつ来るのかわからない「自由になれる日」をただ「待つ」だけ。それは、苦しいことでした。けれど、もっと苦しいことがあったのです。「彼女」を「待つ」ことでした。

「彼女」は、毎週一度か二度、片道三時間をかけて、面会に来てくれました。そして、刑務官の監視のもとで、金網越しに話せる時間は五分か十分程度。そのわずかな時間が、独房生活をしていたぼくの唯一の喜びでした。ぼくは、毎日、そのわずかな面会時間のことばかり考えていたように思います。なにを話そう。こんなことを訊こうと。けれども、気がつくと、少しずつ、面会が苦痛になっていったのです。うまく話せなかったと思っては落ちこみ、彼女の様子のささいな変化にまた悩み、こんなことなら来なければいいのにと思い、それでも、また、面会が終わると会いたいという思いにさいなまれたのです。

八月になって、なんの予告もなく、ぼくは突然、保釈されました。もちろん、外に出て最初にしたのは、彼女に電話をかけることでした。けれども、予期に反して、彼女はうれしそうではありませんでした。そして、ぼくにこういったのでした。「もう待つのに疲れてしまった」と。

保釈されたその晩、ぼくは友人の家に泊めてもらいました。深いショックと哀しみにつつまれながら、ぼくはほんとうにひさしぶりに、なんの心配もなく眠りにつこうとしている自分におどろきました。もう「なにも待たなくてもいいのだ」と思いました。そして、そのことがそんなに安らかな気持ちにさせてくれることに、ほんとうにおどろいたのです。

それでは、夜開く学校、「飛ぶ教室」、始めましょう。

2020年9月11日

子どもの時間

こんばんは。作家の高橋源一郎です。

哲学者の故・鶴見俊輔さんは、晩年に、「もうろく帖」と名づけた自分のための小さなメモをつけ始めました。最初の頁を書いたとき、鶴見さんは六十九歳と八か月、いまのぼくとまったく同じ年齢でした。誰よりも明晰だった鶴見さんは、自分がもうろくし始めたことを知り、そのもうろくと寄り添って生きるためにメモをつけ出したのです。もっとも、そのころ書かれたものを読んでも、老いをみじんも感じさせません。本人だけにわかる衰えだったのでしょう。

メモに記されたことばは、ときに、数か月に一度、数行だけということもありました。そして、その多くは、鶴見さんが気に入った、誰かのことばだったのです。ぼくは、いまでも、その小さなメモを読み返しては、深く動かされるのを感じるのです。

某日

おかあさん
人間って
遊べるからおもしろいねえ

はぎわらゆうすけ（三歳）

『母の友』一九九二年一〇月号

これは、おそらく、子育て雑誌に、母親が投稿したものでしょう。「おかあさん、人間って、遊べるからおもしろいねえ」。その通り、というしかありません。そして、これを聞いた母親は、思わずハッとしたのだと思います。もちろん、この投稿を読んだ鶴見さんも。それから、数か月たって、この子どもへの返答に次のような一文が書かれます。

一月十四日(日)

しばらく人間になれて
おもしろかった。

そうなのか。そして、そんなふうに思えるようになりたいと思いました。そんなふうに思える鶴見さんが少しうらやましくもあったのです。

以前、子どものことばを、少しずつ、ツイートしていたことがありました。二歳、三歳、四歳の彼らのことばには、ハッとさせる、おとなにはない子どもの叡知があったように思えました。けれど、子どもの時間が終わると、そういうことばを彼らは発しなくなります。社会生活を営み、その中で、知性や知識を得るけれど、その代わりに、なにかを失ってしまう。そして、かつてしゃべったことをすっかり忘れてしまうのです。

もしかしたら、「子どもの叡知」をもう一度獲得するには、老いるしかないのかもしれませんね。子どものような文章を書いていた、鶴見さんの最後の文章のように。

それでは、夜開く学校、「飛ぶ教室」、始めましょう。

2020年9月18日

十九歳の地図

こんばんは。作家の高橋源一郎です。

昨日、ぼくは、三島由紀夫賞という賞の選考委員会に行ってきました。賞の選考に臨むときには、いつも緊張します。作家たちが丹精をこめて、いや、命がけで書いた作品に優劣をつけなければならない。そんな力や権利が、自分にあるのだろうか。そんなことを考え、そして、だからこそ、誠実に、全力で読んで判断しようと思うのです。そんな選考委員にとって、昨日は、理想の選考会でした。どの候補作も素晴らしく、だからこそ議論のしがいがあって、そして、さいごには一つの作品を選び、全員一致で送り出すことができたからです。受賞したのは、宇佐見りんさんの『かか』という作品でした。宇佐見さんは、この『かか』がデビュー作で、応募した文藝賞という新人賞を受賞しているので、一つの作品でダブル受賞ということになります。十九歳の浪人生の「うーちゃん」こと「うさぎ」という女の子と、心に病をかかえる母

親の「かか」との間の葛藤を描いたこの物語には、たくさんの素晴らしい点があるのですが、中でもいちばんおどろいたのは、この小説の中で、「かか」の家族の中だけで話される、関西弁っぽい「かか弁」ということばでした。この魅力的なことばは、なんと、宇佐見さんがこの小説のために作り出したオリジナルなことばだったのでした。

受賞が決まって、記者会見になり、ぼくが選考委員を代表してあいさつした後、会場に到着した宇佐見さんの会見になりました。宇佐見さんが、ひとつひとつの質問に対して、ていねいに考え、ことばを選んで回答していたのがとても印象的でした。「自分のことばで書いていきたい」こと、そして、「誰かのためにでもなく、寄り添うのでもなく、読んでもらった人の心が、少し温かくなるものを書いていきたい」とも。

宇佐見さんはいま二十一歳。この小説を書いたときは十九歳でした。そして、この小説の主人公も十九歳の浪人生。宇佐見さんが大好きな、中上健次の初期の名作『十九歳の地図』の主人公も、目の前に広がる人生に悩み、刹那的な行動に走る十九歳の浪人生でした。

誰にでも、そんな時期があります。どうしていいのかわからない十九歳の時期が。でも、そういう時期のある人を、いまのぼくはとてもうらやましく感じるのです。

それでは、夜開く学校、「飛ぶ教室」、始めましょう。

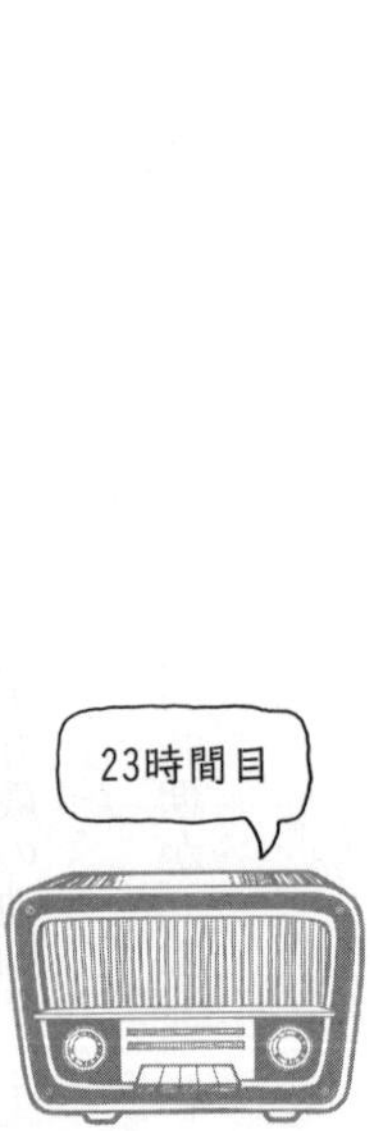

2020年9月25日

夢に感染する

こんばんは。作家の高橋源一郎です。

最近、こんな話を聞きました。知人の、そのまた知人の、高校生になったばかりの息子さんに起きたことです。父親はふつうのサラリーマン、母親は専業主婦。彼もまた、なんとなく大学に行って、卒業して、会社に入る。将来については、そんな漠然とした計画しかない、ふつうの高校生でした。ただひとつ、彼には得意なことがあって、絵を描くのがとてもうまかった。でも、それはちょっとした趣味にすぎなかったのです。ところが、ある日突然、彼は父親にいいました。「父さん、ぼく、美大を受験していいかな。できたら芸大に行きたい」といったのです。青天の霹靂とは、このこと。それまで、子どもからなにかを頼まれたことがない父親はびっくり。調べてみると、芸大に受かるのは、とんでもなく難しいことがわかりました。もう一度、父親は彼に訊ねました。「ほんとに、受けたいのか？」と。すると、彼ははっきり「受けて、入りたい」と。

将来の見こみがわからない挑戦に、母親は反対しましたが、父親は許しました。父親も息子の気持ちを理解することはできませんでした。けれども、子どもの夢は、どんなものでも応援しようと思える父親だったのです。

彼は、美大受験のための予備校に入り、いま、熱心に絵を描いています。実は、そのきっかけは、マンガの『ブルーピリオド』を読んだからだそうです。

ぼくも大好きな、そのマンガは、ひとりの高校生が突然、絵に目覚め、芸大受験を目指し、合格し、さらにその先へ進んでゆく話。なんだ、と思われるでしょうか。たかが、マンガと。ぼくは、そうは思いません。彼は、「夢に感染」したのだと思います。

作家になる、音楽家になる、絵描きになる。俳優になる、発明家になる。そんな、ふつうではない道を選んだ人たちの多くは、長い間準備したからというより、なにかに偶然ふれたから、という理由で、その道を歩み始めます。誰の小説を読んだから、とか。あるとき、ラジオから知らない曲が流れてきたから、とか。胸が焼け焦げそうな憧れがなければ、可能性に乏しい道を歩み出すことはできません。そして、そんな憧れは、「夢に感染する」ことからしか生まれない。でも、「夢に感染する」ことができるためには、「感染する」ほどの感受性も必要なのですが。
それでは、夜開く学校、「飛ぶ教室」、始めましょう。

1年目　後期

世界がひとつになりませんように

2020年10月2日

生涯で一度しか会わない人

こんばんは。作家の高橋源一郎です。

街を歩くと、みんな、マスクをしていますね。なので、表情ははっきりとはわかりません。どんな顔つきなのかはっきりわかる前に、通りすぎてしまう。もしかしたら、偶然の出会いも減ったかもしれません。そんなお話を一つしたいと思います。

生涯で一度だけしか会わない人がいます。もちろん、そんな人はたくさんいるでしょう。でも、それにもかかわらず、強い印象を残して消えた人。ぼくがいままで出会ったいちばん美しい女性は、十数年前、午前三時ごろ、六本木のある巨大量販店のエレベーターの中にいました。その人は外国人男性と一緒で、その男性に「鍋は買った？」といっていたっけ。十秒か二十秒程度。その人は、ぼくの人生に突然現れ、突然去ってゆきました。あの人は誰で、どんな人だったのでしょう。いや、もっと切ない話もあります。でも、それはしなくてもかまいませんね、いまはまだ。

高校二年の夏休み、ヒッチハイクで広島に行ったことがあります。原爆ドームに入りこんで寝ようとして、眠れず、ドームの前に座りこんでいると、明らかにヤクザと思われる男性に声をかけられました。若い衆を連れた兄貴っぽい男です。因縁をつけられるのか、と怯えていると、「あんちゃんら、学生さんか?」と訊ねられました。ヒッチハイクで広島まで来たと伝えると、ご苦労さん、旅は若いうちにせにゃあいけん、といいました。立ち話をしているうちに、なぜだか小説の話になり、話題がドストエフスキーに移りました。そして、その人は「ドストエフスキーでいちばんええのは、『地下室の手記』じゃろう、いちばん飾っとらんからのう、あの作品は」といったのです。その後、ぼくたちは、しばらく座りこんで、ドストエフスキーの話をしました。明け方になると、そのヤクザは立ち上がり、自分は慶應の大学院でフランス文学を学んでいたが、親が倒れたので広島に戻ったんじゃ、といいました。親はヤクザの組長で、そのあとを継ぐことになったのです。今日これから出入《でい》りがある、最後になるじゃろうけえ散歩をしとった、というと、その人は若い衆を引き連れて、どこかへ戻ってゆきました。翌日、ヤクザの大きな喧嘩があったと新聞に載っていました。あの人は、あれからどうしたでしょう。二度と会うことはなかったのですが。

一度会っただけなのに、強い印象を残して、けれども二度と会うことはない人。そんな人が、みなさんにもいませんか？　いや、ぼくたちも、誰かにとっての「一度しか会わない人」なのかもしれませんが。

それでは、夜開く学校、「飛ぶ教室」、始めましょう。

2020年10月9日

ラジオ・デイズ

こんばんは。作家の高橋源一郎です。

ぼくがいちばんラジオに熱中していたのは中学・高校のころ。中でも、中三から高二にかけて、ぼくはほとんど毎晩、明け方までラジオを聴いていました。そこからなにが聞こえてくるのか、ときには真剣に耳をかたむけ、あるいは本を読みながらぼんやりといつも聴いていたのです。

一九六七年の秋、世界中で反戦運動が高まり、日本でも学生運動が激しくなっていたころ。ぼくも時代の波に巻きこまれようとしている高校生でした。いま調べると、それは、十一月八日の深夜のことです。ぼくがいつも聴いていた、兵庫県のローカルラジオ局「ラジオ関西」の「電話リクエスト」で、アナウンサーがこういうのが聞こえてきました。

「この間、『ミッドナイトフォーク』でテープを流したら大きな反響があった曲、なんと、グループからレコードが送られてきました！　なので、今夜は特別に、リスナーのみなさんに紹介します。レコードがかけられるのは初めて。それでは、どうぞ」

ぼくは、耳を澄ませました。すると、ラジオから、一度も聴いたことのない、不思議な音楽が流れてきたのです。これはなんだ！　いったい、どうなっているんだ！　衝撃のあまり身動きできないでいるうちに、曲は流れ、やがて終わりました。沈黙。おそらく、ぼくと同じように、ラジオの前で多くのリスナーが衝撃を受けていたと思います。その次の週にはたちまちリクエストが殺到し、レコードの発売が決まり、その曲は、シングル史上空前のダブルミリオンとなります。そう、それは、ザ・フォーク・クルセダーズの『帰って来たヨッパライ』が初めてラジオから流れた夜でした。

それから二週間後、何日も前からずっと待っていた夜がやって来ました。時間になると、ぼくは、椅子に座り、ラジオのスイッチを入れました。ひどく緊張していたのを覚えています。ラジオからこんな声が聞こえてきました。

「お待たせしました。やっと、お届けすることができます。では、着いたばかり、ザ・ビートルズの新曲、『ハロー・グッドバイ』」。その夏、キャリアの絶頂期にいたビートルズの、久々のオリジナル・シングルでした。

もしかしたら、そのときぼくは、音楽ではなく時代そのものを聴いていたのかもしれません。

それでは、夜開く学校、「飛ぶ教室」、始めましょう。

2020年10月16日

上野動物園のライオン

こんばんは。作家の高橋源一郎です。

先日、ひさしぶりに上野動物園に行ってきました。ぼくは、小さいころから、動物園に行くのが大好きでした。動物園は、アミューズメントパークや遊園地、ゲームセンターとちがって、こちらでやるべきことはほとんどありません。ただ動物を見るだけ。なのに、時々むしょうに動物園に行きたくなるのです。

学校へ行くのがイヤだったので、中学・高校のころにはサボって、しょっちゅう大阪の天王寺動物園や神戸の王子動物園に行っていました。二十代になって肉体労働をするようになってからは、やはり仕事がイヤになると、金沢動物園、野毛《のげ》山《やま》動物園、多摩動物公園、井《い》の頭《かしら》自然文化園に行きました。いつもひとりで。できるだけ、他の来園者がいない平日の午前中に。そしていつも、人気がないか、元気がなさそうな動物のいる檻の前。それが、ぼくの定位置でし

た。

飛びこもうとしても、水面をびっしり、ゴミや木の葉が埋めつくしているので、それを見つめながら、どうしたらいいかわからず、呆然と立っているペンギンたち。「鬱」になっているとニュースになっていたので、気になって行ってみたら、ほんとうに壁にくっついてずっと背中を向けたまま微動だにしなかったオランウータン。見ている間中ずっと、三十分ほども、神経質そうに鉄格子の向こうで、同じ場所をただひたすらグルグル回っていたヒョウ。もしかしたら、そんな檻の中に閉じこめられ、自由を奪われている動物たちを見て、ああぼくの方がまだマシだ、と思いたかったのかもしれません。最後に行くのは、いつも決まって猿山でした。日向ぼっこをしながら、お互いにからだについたノミやシラミをとっている猿たちを見ると、少なくとも、彼らはひとりぼっちじゃない、と思えたのでした。なんだかうれしかった。

ひさしぶりに出かけた上野動物園は、以前よりキレイになり、また、より自然の環境になるよう配慮されているようでした。人気のある動物はより自然な環境で、そうでもない動物は、まあ、そこそこに。そう、おどろいたことがあります。いま、上野動物園にライオンはいないのです。絶滅の危機に瀕した野生動物を保護するために始まった「ズーストック」計画で、東京ではライオンは多摩動物公園に集められたからです。かつて、動物園は、なによりゾウとライオンとキリンに会う場所でした。なんだかさびしいですよね。
それでは、夜開く学校、「飛ぶ教室」、始めましょう。

街の灯台

2020年10月23日

こんばんは。作家の高橋源一郎です。

以前、番組の取材で、認知症の老人を病人ではなく、ひとりの人間として扱い、部屋に閉じこめず、自由に外を歩かせる施設を訪ねたことがあります。そのためでしょうか、そこの老人たちは、みんな生き生きした表情をしていました。もちろん、老人たちが歩きはじめると、危険がないように、職員がそっとあとをつけるのです。その中に、意志の疎通の難しい九十近いおばあさんがいて、彼女もゆっくりと外を歩きます。そして、いつも、ある場所に来ると立ち止まり、じっとなにかを見つめるのです。けれども、そこにはなにもありません。不思議に思って職員に訊ねると、そこは彼女が子どものころ、よく通った駄菓子屋のあった場所なのだというのです。そのおばあさんの世界の中では、母もきょうだいも、みんな生きていました。もちろん、その駄菓子屋も、昔と同じように、そこにあって、訪れた彼女に優しく応対してくれたのです。彼女が訪れると、いつも。

ぼくの住む街に、創業百年近い、紙や花火や子どものためのおもちゃを売る店があります。その名をいえば、街中、誰でも知っている店です。観光地らしいきらびやかな店が立ち並ぶ通りにあるのに、壊れそうな、古びた建物。古くさいおもちゃ。店を覗きこむと、店主の老人が、店番をしながら、いつも眠っています。古くからの住人は、よくぼくにいいます。

「ここはね、ぼくがちっちゃいころから通ったんだよ。そして、あの爺さん、そのころから眠っているんだよ!」

そういう声は、うれしそうでした。時代と共に、周りの店も、なにもかもがどんどん移り変わっていっても、その一角だけは、その店だけは、何十年も変わらない。時間が止まってしまったような場所。けれども、その店について話す住人たちの声は、懐かしさだけでなく、深い敬愛も含まれているように、ぼくには思えました。どんなに長く離れていても、戻って来ると、黙って迎えいれてくれる場所。まるで、長い海の旅をつづける船に向かって、「ここに陸があるよ」と教えてくれる灯台のような場所。そんな店だったのです。

十日ほど前に、その「店」のツイッターで、店主の老人が亡くなったことが告げられました。その逝去を惜しむ声の多くには、かけがえのないものを失ったという思いが溢れていたように思います。またひとつ、大切なものが。
それでは、夜開く学校、「飛ぶ教室」、始めましょう。

2020年11月6日

ことばに「得点」をつける

こんばんは。作家の高橋源一郎です。

アメリカでは大統領選挙が行われました。結果はどうなったのでしょう。なにかを選ぶことは、とても難しいですね。今日は、文学の賞の選考のお話をしたいと思います。つい最近も、二つの賞の選考をさせていただきました。大統領を選ぶよりおもしろいかもしれません。だいたいは、こんなやり方をします。候補作を読み、前もって印をつける。多くの場合は○、△、×。受賞に値すると思えるものが○、それほどではないが考慮すべきものに△、受賞に値しないものは×。それを得点に換算すると1点、0・5点、0点になります。どの印をいくつつけてもかまいません。極端な場合、すべての作品に○をつけても、逆に、すべての作品に×をつけてもいい。すべては選考している作家たちの自由にまかされています。さて、最初に、採点表を回収し、得点を合計します。たとえば、作品Aが2、Bは2・5、Cが1、Dが1、Eが

0・5。では、いちばん得点が高いBが受賞作になるか、というと、そうではありません。Bは五人の選考委員全員が△をつけた。けれども、CやDは1点だけれど、ひとりの選考委員が○をつけ、他の四人は全員×。この場合、CやDが残り、Bは落ちる可能性が高いのです。いや、そもそも、印も得点も参考にしかなりません。すべては、話し合いで決まります。なぜなら、文学のことばを得点に換算することなど不可能であることを、みんな知っているからです。それぞれの印を得点ではなくことばに変えると、○は「素晴らしい」、△は「悪くない」、×は「ダメだ」もしくは「わからない」になると思います。そして「悪くない」ものより、「わからない」ものの方に可能性があることを、やはり、みんな知っているのです。いちばん高く評価されるのは、可能性であり、それは採点することができないものなのです。

選考会でいちばんおもしろいのは、「そんなふうに読めるのか、そうだったのか」と、選考委員が意見を変えてゆくことです。作品によって、選考委員も刺激を受け、変わってゆく。選んでいるのではなく、選ばせてもらっているのです。

ところで、受験や就職で、面接を受けるとき、いちばん重視されるのはどんなところだかご存じですか。実際の面接の現場をフィールドワークした研究によると、面接を受ける人間が、面接会場のドアを開け、入って来る瞬間にほとんど決まってしまうそうです。なるほど、ですね。

それでは、夜開く学校、「飛ぶ教室」、始めましょう。

2020年11月13日

失われた時を求めて

こんばんは。作家の高橋源一郎です。

少し前、数分しかない、ある短い動画がＳＮＳの上で流れ、大きな話題になりました。そこには、一九六〇年代にニューヨーク・シティ・バレエ団のプリマとして活躍した女性が出ています。年老いた彼女は、アルツハイマー症を発症して記憶を失い、車椅子の生活をしているのです。撮影された場所は、介護施設でしょうか。動画は、ヘッドフォンをつけた女性に、若い男性がなにかを促しているシーンから始まります。それは無理だとでもいうような表情を見せる女性、そして、音楽が流れ出す。チャイコフスキーの『白鳥の湖』です。彼女のヘッドフォンからも同じ音楽が流れていたのでしょう。その瞬間、彼女の表情が変わり、手がゆるやかに舞い始めたのです。

老いて、細く、少し曲がっている指なのに、コントロールが完全にはできず、それゆえ少し震えてしまうのに、その指先までが美しい。ほんとうに美しいとぼくは思ったのです。圧巻は、彼女の表情でした。もう八十を超えているかもしれない彼女の、その表情は、明らかに、若いプリマバレリーナのそれだったのです。遥か遠くを見つめる彼女の視線の先には、確かに、かつて踊った劇場の舞台が映っているように見えました。

短い踊りの時間が終わると、周りから拍手が起きました。若い男性が、良かった、と声をかけたようです。すると、彼女は、少しためらった後、首をふりました。あれではダメね、とでもいうように。

音楽が、記憶の中枢を刺激し、忘れていた過去をよみがえらせるというお話を、以前しました。彼女もまた、耳の中で流れ出した懐かしい曲に、記憶をよみがえらせたのかもしれません。いや、仮に記憶はよみがえらなくとも、彼女のからだはすべてを覚えていたのです。蜘蛛が紡いだ糸も、蚕の作った繭も、それを作った蜘蛛や蚕が亡くなっても、残るように。切り倒された古い樹の年輪に、その樹が過ごした時間が刻まれているように、です。そこに行けば、すべてを思い出すことができるもの、自分がなにものであるかを教えてくれるもの、そんなもの、こと、場所が、あればいいですね。

それでは、夜開く学校、「飛ぶ教室」、始めましょう。

2020年11月20日

ことばが消える

こんばんは。作家の高橋源一郎です。

昨日、柳美里さんの小説『JR上野駅公園口』が、今年の全米図書賞・翻訳部門賞を受賞したというニュースが飛びこんできました。たいへんな快挙だと思います。これから、世界中のたくさんの読者が、この、深く重く、素晴らしい小説を英語で読んでくれるでしょう。柳さん、ほんとうにおめでとうございます。

このニュースを聞いて、思い出したことがありました。六年ほど前のことです。ぼくは、国際ペンクラブが主催する、大規模なイベントに出席するため、招待されてニューヨークに行きました。世界中からたくさんの作家が集まり、街中のあちこちで、会議、朗読会、シンポジウムなどが行われました。そこに出席した作家の大半は、ぼくも知らない人たちでした。きっと、彼らにとって、ぼくもそんなひとりだったと思います。その中に、中央アジアから来た作家がいました。ぼくたちは、お互いに、それほどうまくはない英語で話をしたのです。

彼はいいました。「きみの小説は翻訳されているかい？」。ぼくは「韓国語、フランス語、イタリア語、それから英語にもいくつか訳されている。日本語だけだと世界の人に読んでもらえないから」と答えました。すると、彼は「うらやましい」といいました。ぼくが「なぜ？」と訊ねると、彼はこういいました。

「日本人は一億以上いるんだろう。その人たちに読んでもらえるだけで、作家として生きていける。ぼくの母国語を使っているのはせいぜい数十万なんだ。だから、自分が使えることばで小説を書いても、読者はほとんどいないし、生きていけない。翻訳してくれる人もいない。ぼくは、これから、自分の母国語を捨てて、英語で小説を書いてゆくしかないんだよ」と。彼はさいごに、彼の国のことばで書いた小説をくれました。残念ながら、その本を読むことはできませんでした。辞書さえ手に入らないのですから。

世界中で五千から七千の言語があるといわれています。母国語として使われるもので、世界一は中国語で十三億。次が英語で五億。日本語を使う人間は一億と少しで世界で八番目に多いそうです。その一方で、二千五百の言語が消滅の危機にあるといわれています。どんな傑作を書いても、誰にも知られることなく、永遠に消えてしまうものもあるのです。自分を育てたことばが消えてゆくのを見つめる作家は、なにを考えるのでしょうか。
それでは、夜開く学校、「飛ぶ教室」、始めましょう。

2020年11月27日

集合写真

こんばんは。作家の高橋源一郎です。

先日、久しぶりに会った弟から「プレゼントだよ」といって、一枚の古い写真をもらいました。モノクロの集合写真です。それは、およそ七十年前、祖父の告別式の際に、父の実家の前で撮られたものでした。家の門の前には三十一人の人間が立って、こちらをながめています。子どもが六人。いちばん若いのは、一歳ほどの幼児で、母に抱かれてカメラを無心にながめています。それが、ぼくでした。写真を見ながら、ぼくは、懐かしい、というよりも、ことばにならない、少し悲しみに似た気持ちになったのでした。

その中に、いまも生きているおとなはいません。もしかしたら、子どものうち、なお数人は生きているかもしれませんが。おとなたちは、両親や祖母を筆頭に、見覚えのある叔父・叔母たち、そして、遠くからやって来た親戚たちです。

その写真をさいごに見たのは半世紀も前だったでしょうか。不思議なことに、そこに写っている、ほとんどの人たちの顔を鮮明に覚えているのです。名前も、どんな人だったかも覚えていないのに。その顔だけは覚えている。写真を見た記憶なのでしょうか。それとも、実際に会ったから覚えているのでしょうか。それは、もうわかりません。

いちばん胸をうつのは、母の姿でした。幼児を抱いて、厳しい顔つきでこちらを見ている、若く美しい女性。母は、一九四六年、映画会社東宝が鳴り物入りで始めた第一期ニューフェイス募集に応募し、合格しました。けれど、祖父の強い反対で断念し、結婚したのです。同期で合格した中に三船敏郎さんや久我《くが》美子《よしこ》さんがいます。もし、そのまま女優の道を歩んでいたら、どうなったでしょう。そのときには、その写真の中に、母もぼくもいなかったのでしょうが。

何世代にもわたる、親戚・家族の集合写真。かつては、ふつうだった、そんな写真を撮る習慣を、ぼくたちは失いました。もう、集まるべき家そのものがなくなったからです。誰でも写真を撮り、SNSにアップし、共有する。その中に、こんな、単調な集合写真は見かけません。いや、けれども、その写真には、比較にならないほど、豊かな時間そのものが、流れ去って戻ることのない、たくさんの命そのものが、写っているように、ぼくには思えたのでした。

それでは、夜開く学校、「飛ぶ教室」、始めましょう。

画面の向こう

2020年12月4日

こんばんは。作家の高橋源一郎です。

ぼくはもう大学の先生はやめましたが、わけあって、まだ学生たちの卒業論文の指導をしています。先日、そんな学生のひとりから、卒論もウェブで提出していいことになったと聞きました。多くの大学では、四月から授業がなく、あってもオンラインで、最後も直接、誰とも会うことなく卒業することが可能になったのです。

こんな記事も読みました。入学からずっとオンラインの授業しかなく、試みとして、実際に学校に来てもらう対面授業を行なったら、ほとんど参加者がいなかったという記事でした。別の記事には、やはり入学以来、一度も登校できていないので、新入生歓迎会を開催したら、やはり、来た学生は皆無に近かった、とありました。

入学できたのに登校できていない、はやく行きたい。四月ごろには、そんな声が多かったよ

うな気がしました。けれども、画面を通しての授業に慣れ、それが日常となってしまうと、もはや出かけることが面倒くさくなってしまうのでしょうか。

ぼくの幼稚園の思い出は、歩いて通った道でした。その道には草が生えて、水が湧き、あまりにおもしろくて、ずっと見ていたら、帰りの園児たちを連れた先生と会いました。ぼくは、半日、ながめていたのです。時間はいつの間に過ぎ去っていたのでしょうか。

小学校の横には小さな森があり、その中に、ひっそりと神社がありました。授業中、開け放たれた窓から、ずっと、ほの暗い森の中にかすかに浮かぶ神社をながめていました。廊下を歩くと、板張りの廊下はかすかに撓《たわ》み、掃除のときに引かれた油のにおいがしたのを覚えています。そういえば、中学も、高校も、大学も、強く記憶に残っているのは、すっかり暗くなった、誰もいない校舎の屋上で、望遠鏡を覗いていたことや、友だちといつまでも時間を忘れて話していた、放課後の教室や、静まり返った、天井の高い図書館で、好きになりかけていた女の子と本の話をしていたことです。授業の中身は、なにも覚えてはいないのに。

いくつも、いくつも鮮明な記憶が残っていて、その時間の中で、ぼくは、ぼく自身になっていったのでした。「オンライン」という画面だけが学校だとしたら、その記憶がないのだとしたら、彼らは、どこでどうやって、彼らになっていくのでしょうか。ぼくはそんなことを考えたのでした。
それでは、夜開く学校、「飛ぶ教室」、始めましょう。

2020年12月11日

世界がひとつになりませんように

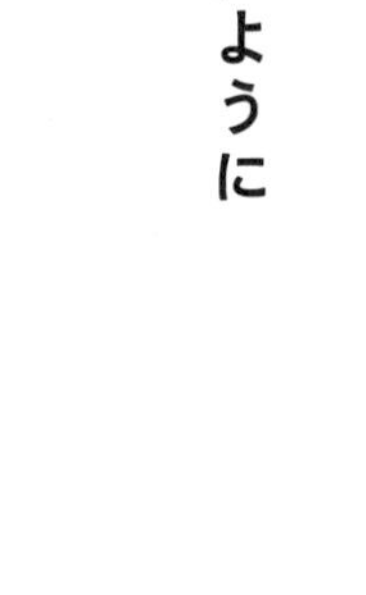

こんばんは。作家の高橋源一郎です。

先日、ぼくも大好きな、パンクロックバンド、銀杏《ぎんなん》ＢＯＹＺのヴォーカルでシンガーソングライター、優れた俳優としても知られる峯田《みねた》和伸《かずのぶ》さんのインタビューが話題になりました。ぼくもそれを読んで、感心し、そして、そのインタビューの最後にでてきたことばに強くうたれたのでした。

峯田さんは、ツイッターやＳＮＳで、人々が、みんなひとつの方向に流れ出そうとしていることが怖いといいました。それは、文句をいっているうちに、どんどん悪い感情に押し流されていくからだと。インスタグラムをやっている峯田さんに、ひとりしかフォローしていないのはなぜですか、とインタビュアーが訊ねると、峯田さんはこう答えました。

「誰かとつながろうとか、一切ないんだよね。もう、この年で新しく誰かとつながりたいといんだよね、誰とも」

か、友達できたらいいなとか思わないよ。今いる友達とずっと会ってたいの。つながりたくないんだよね、誰とも」

たとえば、「キズナ」ということばが持っているイヤらしさに、峯田さんは敏感なのだと思います。そして、誰かがなにかをしでかすと、みんなが「謝罪しろ」という風潮。自分の友だちでも知り合いでもなんでもないのに。みんなストレスがたまっていて、誰かが謝るところを見たいのだろうか。あるいは、有名人が亡くなると、みんなが一斉に「ご冥福を」と声をあげること。どうして、みんな「関係ないね」といわないのだろうか。そのことについて、峯田さんは、こういうのでした。「世の中で何かが起こった。さっぱり関係ないはずなのに、『私はこう思う』とか、世界とすごくくっついちゃってさ。本来、自分と世界なんて違うじゃん。別に関係ないいんだもん。世界と一個になろうとしてるんだよね。世界と一個になんかなれないよ、そんなの」。そんな峯田さんの気持ちをひとことでいいあらわすことば。それを、インタビュアーが思い出させます。去年の武道館での銀杏BOYZの公演のタイトルでした。

「世界がひとつになりませんように」

いいことばだ、と思いました。峯田さんはいいます。

「ネットってさ、最初のころはすごい楽しみで『あっ、世界が近くなる』『もっとわからない世界が知れるようになる』ってワクワクしたんだけど。今はそんなにワクワクしない。広がると思ったのに、どんどん狭くなっちゃって」と。

バラバラだからおもしろい。バラバラだから、広い。ひとつの意見、ひとつの考えになった瞬間に、その世界は狭く、息苦しいものになってゆきます。

だから、「世界がひとつになりませんように」。

それでは、夜開く学校、「飛ぶ教室」、始めましょう。

2020年12月18日

地球の歩き方

こんばんは。作家の高橋源一郎です。

みなさんは、『地球の歩き方』というガイドブックをご存じでしょうか。海外に旅行をするとき、とても便利な本でしたが、出版元が変わることになったのです。このコロナ禍で、そもそも海外旅行に行く人たちが減ったこと。それから、情報をインターネットで直接とる人たちが増えたこと。おそらくは、このふたつの理由で、紙のガイドブックの需要は減ってしまったからだと思います。そもそも個人が海外に行くことがほとんどなかった時代に、ガイドブックはありませんでした。人々が海外に行くようになっても、団体旅行全盛のころには、やはりガイドブックは必要ありませんでした。ツアーガイドが決まった場所に引率して連れていってくれたからです。冒険家や旅行家は、そもそも誰も行かないところに行くので、やはりガイドブックは必要ありませんでした。個人が、自由に行きたい場所に行く。そんな時代が来て、初めてガイドブックが必要なものになったのです。好きなときに好きな場所に行きたい。そんな旅行客にとって『地球の歩き方』は大切な本でした。

一九八〇年代の終わりから十数年の間、ぼくは、世界中を旅していました。冒険家でもなくツアー客でもなく、気ままな個人の旅人として。そんなぼくのバッグには、いつもこのガイドブックが入っていました。この、『地球の歩き方』という素敵なタイトルがついた本には、誰か無名の旅行者が、旅の途中で見かけたり、ぶらっと寄った店や場所や人、あるいは、映画で有名なカフェ、ちょっとした劇場の様子などが載っていました。そんな、小さな記事を頼りに、わざわざ出かけたこともあったのです。いまは、どうでしょう。グーグルアースがあれば、家にいても世界のどんな場所も見ることができる。情報もとり放題。だったら、わざわざ外国まで出かけることもない。お金もないし。若い学生たちは、そんなことを話しています。ちょっとさびしいですね。

ニューヨークにいると、ニューヨークらしきなんともいえないにおいがするような気がします。バンコクの空港に降りると、湿った甘酸っぱいにおいが漂ってくる。どの国にも、どの街にも、ちがったにおいがあり、ちがう暮らしがあります。そこに生きている人たち、ことばも感覚もちがう彼らと話をすると、最初は緊張します。けれども、やがてなにかが通じてくる、わかってくるときに感じる喜びは、他では得がたいものがあります。「地球」を歩かなくなるとき、ぼくたちは、実は、いまいるこの場所や人に対しても敏感さを失ってしまうのかもしれません。

それでは、夜開く学校、「飛ぶ教室」、始めましょう。

2020年12月25日

カーテンの向こうから聞こえてくるラジオの音

こんばんは。作家の高橋源一郎です。

ぼくがまだ幼かった昭和三十年代前半、家庭の娯楽の中心は、ラジオでした。母が料理を作る台所、そのすぐ近くの棚の上に、ラジオがあって、そこからはいつも音が聞こえていました。いまでも、ぼくは番組の名前を諳《そらん》じることができます。「赤どう鈴のすけ」「三つの歌」「とんち教室」「おとうさんはお人好し」「少年探偵団」「二十の扉」「話の泉」、ほとんどはＮＨＫの番組でした。ラジオから流れる音を聞きながら食事をして、その後、ぼくと弟の就寝時間は夜八時でした。作りつけの二段ベッドの上がぼく、下が弟。ベッドに入り、カーテンが引かれると、もう開けてはいけません。灯が消され、部屋が暗くなって、でも、ラジオはついています。

幼稚園のころから小学校一年生にかけて、ぼくはそんなふうに、長い夜を過ごしました。「ホシヲアゲロ」という番組が好きで、いつも聞いていたけれど、その「ホシ」が「犯人」の意味で、推理番組であったことを知ったのは、ずっと後のことでした。ぼくは、その「ホシ」が夜の空に輝く「ホシ」だと思っていたのです。

小さいころから寝つきが悪かったぼくは、カーテンが引かれた、その小さな空間の中で布団にくるまって、少しずつ眠りに落ちていきました。ラジオの音が、ぼくの子守歌だったのです。いつの間にかラジオの音が消されると、夜の静寂がやって来ました。そのころの家はどれも木でできていたせいなのか、あるいは音をさえぎる力が弱かったせいなのか、耳を澄ますと、今度は別の、いろんな音が聞こえてきたのでした。外を歩く誰かの砂利を踏む音、遥か遠くから聞こえてくる屋台のラーメン屋のチャルメラの音、風の音、雨が屋根をうつ音、そんな音を聞きながら、いつしか、暖かい布団の中で夢の中へ落ちていったのでした。思えば、その数年前には、母親の子宮の中で、同じようにからだを丸めて、胎児のぼくは母親の鼓動を聞いていたのです。あの周りを仕切られた小さなベッドは、子宮のつづきだったのかもしれません。

二年前、小さな仕事場を作ったとき、ぼくは部屋の隅の、二階へつづく階段の下の小さな空間に仮眠ベッドを作りました。ロールカーテンを下ろすと、隔絶した空間になります。そう、そこは、まだ五つか六つだったころのぼくが寝ていたのとそっくりの場所だったのです。

それでは、夜開く学校、「飛ぶ教室」、始めましょう。

2021年1月1日

十九歳の一月一日

こんばんは。そして、明けましておめでとうございます。作家の高橋源一郎です。

いまから半世紀以上も前のことです。その年、日本中で大きな政治運動が起こりました。十八歳だったぼくも参加し、そして逮捕されました。一九六九年の十一月のことです。二十三日間、留置所にいた後、ぼくは、少年鑑別所に送られました。そこで二週間を過ごした後、家庭裁判所に送致。そこで処分が下されます。面会した弁護士も、たぶんそこで釈放されるだろうと請け合ってくれました。裁判所に母親と、付き合い始めたばかりの女の子が来てくれました。彼女はぼくの隣に座りました。彼女のからだの温かさをよく覚えています。その日はクリスマスでした。今夜会える！　そのことばかりを考えていたのに、下された判決は「検察への逆送」。要するに、成人なみに裁判にかける、ということでした。ぼくは、元の留置所に戻されることになったのです。最後に見たのは彼女の後ろ姿だけでした。暖房装置などない冷えきった留置所で、呆然としたまま数日を過ごし、気がついたときには大晦日になっていました。

その前に留置されていたときから仲良くなっていた窃盗団のひとり、Aさんがぼくにいいました。「タカハシくん、外の世界では、ちょうど紅白歌合戦やってるだろ。我々もやらないか」と。「どうやって」とぼくが訊ねると、「もちろん、留置されている房からは出られないから、そのまま歌うんだよ」。「看守に怒られますよ」とぼくがいうと、Aさんはこういいました。「大丈夫。許可とってあるから。おれたち一年近くいるから、かわいそうだって」。そして、一九六九年十二月三十一日、夜十時過ぎ。大井町警察署内で「留置所紅白歌合戦」が開始されたのでした。

Aさんが歌ったのは『憧れのハワイ航路』、窃盗団の団長のBさんは『青い山脈』、そして、いつも寡黙な同じ窃盗団のCさんは森進一の『盛り場ブルース』。あまりの上手《うま》さに、ぼくが唸ると、Aさんは静かに「あいつ、元歌手だったんだよな」といったのでした。ぼくが歌ったのはピンキーとキラーズのヒット曲『恋の季節』。二時間近く、紅白はつづきました。

あの人たちは、いまどうしているでしょうか。生きているとしても、顔を知りません。房を出ることができなかったので、ずっと話をしたのに、顔を見たことは一度もなかったのです。

それでは、夜開く学校、「飛ぶ教室」、新春初夢スペシャル、始めましょう。

2021年1月8日

ぼくが天文少年だった頃

こんばんは。作家の高橋源一郎です。

今日は少し宇宙の話をしてみたいと思います。

ぼくは、小さいころ天文少年でした。気がつけばいつの間にか夜の空に浮かぶ星たちをながめていました。飽きずに、何時間も。ぼくが小さいころ、空はいまよりずっと澄んでいて、町の灯は暗く、おまけに目も良くて、いつでも夜になると、満天の星をながめることができました。いちばん熱心だったのは中学生のころ。ぼくは天体観測部に入り、学校の望遠鏡にへばりついて、惑星の観測に精を出していたのでした。そのころのぼくの将来の望みは、天文学者になることだったのです。けれども、その望みは、いつの間にか、文学の道へ進むことへと変わっていったのですが。

ぼくの机の周りには、天文少年が必ず持っていた、『天文年鑑』や『天体写真集　200吋《インチ》で見る星の世界』と共に、野尻抱影《ほうえい》の本が何冊もありました。野尻さんは、作家・大佛次郎の兄であり、優れた英文学者でしたが、なにより「星の作家」として知られていました。星に憧れる無数の天文少年たちは、みんな胸を弾ませて野尻さんの本を読み、野尻さんのことばを通して、星をながめたのでした。「全天の星座は八十八あって、偶然にも西国《さいごく》の札所の数と同じです」と教えてくれたのも野尻さんでした。冬の空の星空にこそ、美しさがあることを教えてくれたのも野尻さんでした。野尻さんは、こんなことを書いています。

三十年、四十年、自分はもとより全ての人が変り、世界が変り、金剛不壊《ふえ》である筈の、たとえば忘られぬ甲斐ケ根の山貌も変ることがあるかも知れないが、今夜見るオリオンの星々は、その時も秋の末には、牡牛・馭者・大犬・小犬・双子の星々と一糸乱れぬ系統を作って東から静かにさし昇っているだろう。否、何も知らずに産声を挙げた夜にも、あの雄麗な宝玉の図は屋根の上の空に描かれていた。そして、やがて、柩に釘の響く夜の空にも、あれそっくりの天図は燦爛と輝いている。そして更に墓の空には永く永く、何百年、何千年も年と共に周《めぐ》り周っている。これは間違いのない想像である。この想像から湧く悠久な喜びは、星を知る者のみが知っている。

三つ星よ、シリウスよ、讃えられてあれ！

いつまでも人間を支えてくれるもの。確かに、空に輝く星と文学は似ているのかもしれませんね。少しの時間、外に出て、空を見上げてください。

それでは、夜開く学校、「飛ぶ教室」、始めましょう。

2021年1月15日

ラヴ・ジャニス

こんばんは。作家の高橋源一郎です。

およそ二十年前の二〇〇一年九月十一日、ニューヨークで同時多発テロが起こりました。ぼくがニューヨークを訪れたのは、その少し後、まだ事件の余燼《よじん》がくすぶっていたころ。崩壊したワールドトレードセンターの跡に近づくことはできませんでした。そのとき、ニューヨークの文化に詳しい知人に教えられて、一本のミュージカルを観に行きました。タイトルは『ラヴ・ジャニス』。公開されていたのは、ブロードウェイではなく、いつかその晴れ舞台への進出を狙うオフ・ブロードウェイで、二十二丁目にあるヴィレッジ・シアターという小さな劇場でした。

ジャニス・ジョプリンは六〇年代の伝説の歌姫です。ロックシンガーというより、ブルースシンガー。数枚のレコードと、強烈な印象のいくつかのライヴ映像を残し、激しい時代を駆け抜け、ドラッグ中毒で一九七〇年に急死したのです。ジャニスの妹が書いた伝記をもとにしたそのミュージカルは、劇場をそのままライヴハウスにして、ジャニス役の歌手がバンドをバックにヒット曲を歌い、反対側には、もうひとりジャニス役の役者がいて、セリフをしゃべる、という構成でした。ジャニス役の歌手があまりにも上手でびっくりしたので、パンフレットを見たら、グラミー賞を受賞したことのある歌手だったのです。

目の前で再現される、六〇年代を生きた孤独な女の子、そして彼女を突き動かすブルースへの思い、彼女の歌を聴きながら、ぼくはあのころの自分を思い出していました。不思議なのはつめかけている観客たちでした。多くはぼくより年上、そう、ジャニスと同時代の人間が、当時の格好をして客席にいる。そして、ボブ・ディランやキース・リチャードやミック・ジャガーやジミー・ヘンドリックスが来てる！　いや、そうではなくて、そっくりさんが、そっくりの格好をして客席にいたのです。そこは、六〇年代の同窓会のような場所でした。

上演が終わると、舞台でギターを弾いていた若者と話をしました。「どうだった。最高だろう？　ブロードウェイに行って、日本にも行くよ」と彼はいいました。「日本に行ったら、また来てね」。残念なことに、『ラヴ・ジャニス』はブロードウェイにも日本にもたどり着くことはなかったのです。劇場の外は寒く、コートの襟を立てて、ホテルへの道を歩きながら、いま観てきたばかりの『ラヴ・ジャニス』のことを考えていました。素晴らしかった。懐かしかった。いったん閉じこめられると出たくなくなるほどに。

それでは、夜開く学校、「飛ぶ教室」、始めましょう。

2021年1月22日

一九六五年の『推し、燃ゆ』

こんばんは。作家の高橋源一郎です。

「飛ぶ教室」では、毎回、冒頭でお話をしています。そのお話には、いつもタイトルをつけているのですが、放送ではしゃべりません。でも、今回は、特別にタイトルから、お話しします。今日のゲストの宇佐見りんさんの小説にちなんで、「一九六五年の『推し、燃ゆ』」です。

一九六五年七月二十五日、ポップ音楽史の伝説としていまも語り伝えられている事件が起こりました。その主役は、あのボブ・ディランです。六二年、弱冠二十歳でデビューしたボブ・ディランは、またたく間に全米きっての人気歌手になっていきました。六三年には、公民権運動のエポックとなったワシントン大行進でも演奏、「フォークソングの貴公子」として、また「時代の代弁者」として、圧倒的な支持を得るようになったのです。反体制的なメッセージを求める熱狂的なファンたちの思いとは別に、ディランはビートルズやローリングストーンズのようなロックに惹かれるようになっていました。

そして、六五年の七月二十五日がやって来たのでした。フォークソングの最大の祭典として知られるニューポート・フォーク・フェスティヴァルに、ディランは六三年から三年連続で参加、六五年も二十四日に出演した後、二十五日には最後の演奏者として大トリを飾る予定でした。

事件の発端は前日の二十四日、ワークショップに参加した白人・黒人のブルースバンド、ポール・バターフィールド・ブルース・バンドの演奏をめぐって、そのビートルズ風なエレクトリックギターの使用に批判が起こったことです。保守的なフォークファンの態度に落胆したディランは、翌日、最後の演奏者として登場したとき、なんの前触れもなく、バックバンドに、そのポール・バターフィールド・ブルース・バンドを引き連れていました。聴衆のブーイングの中で、エレクトリックサウンドにつつまれた『マギーズ・ファーム』と『ライク・ア・ローリング・ストーン』を演奏すると、ディランはさっさと引っこみました。歓声とブーイングが渦巻く中、今度はギターだけを持ってひとりで登場したディランは、『ミスター・タンブリン・マン』を、そして最後に『イッツ・オール・オーバー・ナウ・ベイビー・ブルー』を演奏しました。恋人に向かって「さようなら」と別れを告げる歌、自分を成長させてくれないファンなら決別する、それが、ディランからファンへの最後のメッセージでした。ステージを去り、ボブ・ディランの長い旅は、ここから始まったのです。

それでは、夜開く学校、「飛ぶ教室」、始めましょう。

2021年1月29日

「おとな」になる

こんばんは。作家の高橋源一郎です。

今日は、「おとなになる」というお話をします。ぼくは今年で七十歳になりました。でも、不思議なことに七十歳という感じがしません。鏡を前にして、そこに映っている自分を見て、時々、この老人は誰だろう、と思うことがあります。そして、ああ、これはぼくだったんだとおどろくのです。

小さいころからずっと、はやくおとなになりたいと思っていました。大学に入学して最初の年、ぼくは一年生で、初めて四年生と話したとき、ものすごく年上の、おとなに感じました。けれど、自分が四年生になったとき、一年生のころと自分が少しも変わっていないので、きつねにつままれたような気がしたのを覚えています。そして、いつになったらおとなになるのだろうと思ったのでした。

あれから半世紀ほどたってわかったのは、結局、自分がほとんど変わっていないということでした。確かに、知識は増えた、経験もたくさんした。けれども、「中身」はほとんど変わっていないような気がするのです。それは書いたものを見れば、わかります。高校一年のころに書いたぼくの文章は、いまよりもずっと下手だったけれど、そのとき考えていたこと、感じてきたことはよく覚えています。だって、その中身は、いまとほとんど変わらなかったから。

もしかしたら、ぼくたちは、ある時期、たとえば十三や十四で「自分」というものになり、そこから先は、ほとんど変わらないのかもしれない。そして、いつかおとなになる、と思いながら日々を過ごし、ある日、突然、老いた自分を見ておどろくことになるのかもしれません。

幼稚園のころのことです。つまらないことで嘘をつく父親、ショックなことがあるとすぐに泣く母親を見て、なんて子どもっぽいのだろう、と思いました。こんな人たちに育てられるとたいへんだ、はやく家を出なきゃ、と。いや、おそらく、両親は子どもっぽかったのではなく、ただ素直に、子どものままの自分を、ぼくに見せてしまったのでしょう。そう、子どもっぽいおとながいるわけじゃない。おとなの形をしている、子どもがいただけなのです。どんな人間も、いくつになっても、その外見とは異なって、その内側に、何十年も、少年や少女が生きている。もしかしたら、自分の中に変わらず生きている少年や少女に気づくことが、おとなになる、ということなのかもしれませんね。
それでは、夜開く学校、「飛ぶ教室」、始めましょう。

2021年2月5日

セルフビルド

こんばんは。作家の高橋源一郎です。

今日、一コマ目では「沢田マンション」という「セルフビルド」建築のマンションのお話をします。「セルフビルド」は、個人が自力で建物を建てることを意味します。なにもかも分業が進んでいる現代ではとても珍しいですね。世界には、有名な「セルフビルド」建築がいくつもあります。たとえば、フランスにはシュヴァルの「理想宮」と呼ばれるお城があります。東西二十六メートル、北十四メートル、南十二メートル、高さは八メートルから十メートルの、この宮殿は、どうやってできたのでしょうか。

郵便配達夫、フェルディナン・シュヴァルは四十三歳のとき、偶然つまずいた石の形に興味を持ち、やがて自宅の庭先に拾ってきた石を積み上げ始めました。一八七九年のことです。配達物の中にあった絵葉書や雑誌を手にするたびに、見たことのない外国の建物に思いを馳せていたシュヴァルは、いつの間にか自分の中に育っていた空想の城を作ろうと思い立ったのです。材料は、配達途中で見つけた石。それを積み上げ、ときには、彫刻をほどこして。もちろん、建築の知識などなかったのに、彼は作りつづけました。完成したのは三十三年後の一九一二年。彼が写真で見たあらゆる建築様式が混ざったその理想宮は混沌そのものでありながら、不思議な魅力を秘め、ナイーヴ・アートの傑作として、いまも多くの人たちを惹きつけています。

彼はなぜ、そんなものを作ったのでしょう。はっきりした理由はいまもわかりません。もしかしたら、シュヴァル自身にもわからなかったのかもしれません。芸術家は死んでも作品が残る。けれども、ふつうに生きる人間には残すものがない。もしかしたら、シュヴァルは、彼自身が生きたという証を残したかったのかもしれません。

ぼくが貧しい一人暮らしをしていた二十代末、横浜の日のまったく当たらない六畳間を借りました。家賃は月に一万円。そのアパートの部屋の裏には、なぜか鉢植の鉢を載せる、作りつけのきれいな木の棚がありました。ほとんど日も当たらないというのに。不思議がっているぼくに、隣家の住人が教えてくれました。その部屋には、ぼくの前に八十近い老人が住んでいて、鉢を大事にしていた。その鉢のために、わずかに日の当たる場所に自分でそれを作ったのだ、と。彼は亡くなり、身寄りがなかったので、鉢も盆栽も棄てられたのだ、とその人はいいました。ぼくが住み始めて二か月ほどして、棚は撤去され、そこにはなにもなくなったのでした。

それでは、夜開く学校、「飛ぶ教室」、始めましょう。

2021年2月12日

シンクロニシティー

こんばんは。作家の高橋源一郎です。

先週は、シンガーソングライターの七尾旅人さんがゲストでした。お聞きになったリスナーのみなさんもおどろかれたと思いますが、放送していたぼくもおどろいたのです。最初に紹介した沢田マンションに、七尾さんのお父様が、亡くなられるまで住んでいらしたからです。もちろん、そんなことは知りませんでした。放送直前まで、七尾さんが、沢田マンションのある高知の出身であることさえ知らなかったのですから。

シンクロニシティー、ということばがあります。「意味ある偶然の一致」のことだそうです。たとえば、その人のことを考えていたら、突然、その人が現れたとか。だとするなら、先週、ぼくたちは、シンクロニシティーに遭遇したのかもしれません。

何年か前、マンハッタン島の南端近くの場外馬券売場を訪ねたことがあります。ところが、インターネットの情報が間違っていて、馬券売場はなくなっていました。予定が突然消えて、ぼくは、ぶらぶらと北に向かって歩き始めました。人影はほとんどありません。海の近く、バッテリーパークのあたりの大きな四つ角にポツンと立っている日本人カップルが見えました。よく見ると、二十年も前、ぼくを初めてニューヨークに連れていってくれた編集者のKさんではありませんか。いやほんとうにおどろきました。姿を見かけるのも十年ぶりなんですから。ぼくはこっそりと近づくと、いきなり、Kさんの背後から「何してるの？」と声をかけました。

あれほどびっくりした表情を見たことはありません。Kさんはうわずった声で「なんで……いや、いま、まさにちょうど、タカハシさんの話をしていたところなんですよ！」。次の日、対談の相手だった、作家のポール・オースターにこの話をすると、彼はこういったのです。

「偶然なんかないよ。それは必然なんだ。ぼくはそう考えることにしている」と。

オースターは、十四歳のとき、激しい雷雨に巻きこまれた二十人ほどの子どもたちのグループのひとりでした。子どもたちは、空き地に逃れようとして有刺鉄線を張った柵の下をひとりずつ這っていきました。オースターの前の少年が柵をくぐろうとしたとき、その少年に雷が落ちました。即死でした。少年の足はオースターの頭のところにあったのです。それは偶然でした。いや、そうだったのでしょうか。いつも、この瞬間にも、人生の分岐点があって、ぼくたちの前には、別の人生が広がっているのかもしれません。
それでは、夜開く学校、「飛ぶ教室」、始めましょう。

2021年2月19日

ことばが届く

こんばんは。作家の高橋源一郎です。

四十年も前のこと、三十歳になったぼくは、小説家を目指して、新人賞に応募し始めていました。でも、書きながら、いつも不安だった。心の中で、自分は、とりたてて才能などない、小説家に憧れるだけの無数の若者のひとりにすぎないのではないか、と疑っていたのです。一年ほどして、ある新人賞の最終選考に残りました。けれども、あえなく落選。届いた雑誌に載っていた選評は「読む価値なし」「最悪」というものでした。担当編集者に勧められ、もう一つ書いて挑戦することになりました。自信はありませんでした。ぼくが書こうとしていたのは、誰も読んだことのない、まったく新しいものだったからです。勇気を失いそうになったとき、なぜだか、こう思いました。きっと、どこかに、誰かひとり、ぼくの書いたものを読み、理解してくれる人がいる。その人に向かって書こう。そのとき、ぼくが思い浮かべたのは、ぼくが、ことばの世界に入るきっかけを作ってくれた、詩人の吉本隆明さんでした。彼の詩に憧れて、ぼくは、なにかを書きたいと思うようになったのです。ぼくは、詩のような、小説のような、へんてこなその作品を、少しずつ書いていきました。吉本さんに手紙を書くような気持ちで。書き終わったその小説は、またある賞の選考に残りましたが、受賞とはならず佳作扱いでした。「ところどころ美しいイメージはあるが、小説としては破綻している」というのが、多くの選考委員の意見でした。受賞作ではないので本にもならず、論評されることもなく、ぼくはとり残されたのです。なにをする気も起こらず数か月が過ぎました。

そのころ、文学の世界の大きなニュースは、孤高の詩人・吉本隆明が文芸誌でまったく新しい評論の連載を開始するというものでした。書店で雑誌を買い、その一回目を読んで、ぼくは文字通り衝撃を受けました。そこで大きくとりあげられていたのは、無名の新人の、佳作扱いだった、ぼくの小説だったからです。そして、そこには「まったく新しい世界の到来」と書かれていました。一週間後、「きみの作品を単行本にする」と連絡がありました。「わたしにはわからないが、吉本さんが誉めるんだから、いいところがあるんだろう」と。そして、環境は一変しました。うれしかったのは、本が出ることでも、認められたことでもありませんでした。ことばは届くことがあるのだ、と知ったことだったのです。

それでは、夜開く学校、「飛ぶ教室」、始めましょう。

2021年2月26日

「母親」を演じる

こんばんは。作家の高橋源一郎です。

ぼくの両親は、共に七十六歳で亡くなりました。ぼくは今年で七十歳。彼らが亡くなった歳が近づくにつれて、なぜか、老いた姿ではなく、彼らの若い姿を思い出すようになってきたのです。母が宝塚に憧れ、三船敏郎を生んだ東宝の戦後第一期ニューフェイスに合格したことは、以前お話ししました。母は女優になりたかったのです。そんな母の目に、夫や子どもは、どんなふうに映っていたのでしょうか。

母はよく泣く人でした。なにかあると、子どものように泣きじゃくる。小さいころから、泣くのは子どもだと思っていたぼくは、泣きじゃくる母を見ると、いつも不思議な気持ちがしました。けれど、いまなら理解できます。泣いているとき、母は、無垢だった子どものころに戻っていたのです。ほんとうは自分の母の胸に抱かれて泣きたかったのに、それは不可能だった。

だから、泣き終わると、ケロリと元に戻りました。いえ、たぶん、母として、妻としての役割に戻ったのです。母親も妻も、彼女にとって、演じる役割にすぎなかったと思います。いつも、なにかでなければならなかった。その理由は、母にもわからなかったでしょう。

一度、NHKの番組で、母の晩年に、一緒に故郷の尾道を訪ねたことがあります。最初は消極的だった母は、いつの間にかカメラに慣れ、おしゃべりになりました。スタッフも、ぼくより母の方がおもしろいことに気づき、カメラはもっぱら母を追うようになりました。そして、番組のラストのため、尾道・千光寺山の頂上で旅の感想を語り合うシーンで、いきなり、母親は、戦争中に別れた婚約者について告白を始めたのです。遂げられなかった恋愛の物語をしゃべり終わると、満足したように母はニッコリと笑いました。ほんとうは、そんなことがやりたかったんだよね、ママは。

先に亡くなった父は、若いころ、画家を志して果たせず実業の道に進みましたが、最晩年には、いつもベレー帽をかぶっていました。そのベレー帽は父の柩に入れました。それもまた、父がなりたかったものを象徴していたのでしょう。

子どもたちのために、「父」であり「母」であろうとしてくれた、不器用にその役割を演じてくれた親たち。彼らの姿を思い浮かべると、いまではなぜか、自分の子どものように感じられるのです。
それでは、夜開く学校、「飛ぶ教室」、始めましょう。

2021年3月12日

あの日

こんばんは。作家の高橋源一郎です。

十年前のあの日は、長男の保育園の卒園式の日でした。それは、ほんとうに素晴らしい式だったのです。来賓も、儀式のための旗やそのための歌もなく、歌われる曲は、どれも、子どもたちが好きな曲ばかりでした。そして、ひとりずつ会場の中央に呼ばれた、まだ小さな、卒園してゆく子どもは、自分で精一杯考えたおさないことばを、親たちに伝え、親と手をつないで、ゆっくりと会場を出てゆきます。その風景を見ながら、わずか五年ほどなのに、それがすでにかけがえのない時間になっていたことに気づかされていたのでした。家に戻ったのは、お昼ごろ。午後からの謝恩会に備えて、ぼくも妻も子どもも、晴れ着のまま、とりたててすることもなく、ぼんやりと時間を過ごしていました。子どもの笑う声が聞こえ、妻がなにかを話しかけている。ああ、ずっとこんなふうだったらいいのにね。確かに、そう思ったのでした。

まるで、それがきっかけであったかのように、そのとき、部屋が揺れはじめました。最初はゆっくりと、そして、その揺れは、大きくなっていきました。すぐに、ぼくは、それが、いままで経験したことのないものであることに気づきました。その次に、ぼくが感じたのは、不思議なことに、ついに来るべきものが来た、という確信でした。この日が来ることをずっと前から知っていたのに、先のばしにしていたのだ。どうして、そのことに気づかなかったのだろう。もちろん、そんな感想は一瞬で吹き飛び、ぼくはすぐに「外へ！　庭に出て！」と叫びました。マンションの一階に住んでいたぼくたちの部屋のすぐ前は、そのマンションの内庭だったのです。庭の大きなけやきの樹の傍らに、揺れがひどくなるたびに、ぼくたちは集まりました。部屋に戻ったのは一時間ほどたってからでしょうか。夕方になって、ぼくたちは、外に出てみました。冷たい風の中、たくさんの人たちが、ゆっくりと思い思いの方向に向かって歩いていました。それは、どこか知らない世界の風景のようにも見えたのです。

その晩、興奮した子どもたちはなかなか寝ついてくれませんでした。だからぼくは、卒園式でみんなが歌った『LET'S GO!　いいことあるさ』を小さな声で歌いました。何度もくりかえし、「レッツゴー！　とびだそう／レッツゴー！　勇気だして／レッツゴー！　今度こそ／レッツゴー！　いいことあるさ」と。子どもたちがやがて寝つくまで。

それでは、夜開く学校、「飛ぶ教室」、始めましょう。

2021年3月19日

卒業証書

こんばんは。作家の高橋源一郎です。

最近、よく道で、卒業式帰りと思われる若者に出会います。そういえば鎌倉は、どうやら卒業旅行らしい、学生たちの集団で溢れているようです。いま、卒業式のシーズンなんですね。

先日、中学三年の次男の卒業式に出席しました。小さな、家庭的な学校で、とてもいい式でした。歌なし、旗なし、長い挨拶なし。もともと校歌も校旗もない学校なのです。それは、おとながほとんど干渉せず、みんな子どもたちが自分で考えて作り上げた、小さなお祭りのような卒業式でした。なにより、卒業証書を受けとった子どもたちが、ひとりひとり挨拶をするのが素敵でした。思えば、保育園のときと同じかもしれません。考えてきたことを忘れました、と正直にいって、ぶつぶつ呟く子。忘れられない思い出を話し、感極まって、声を詰まらせる子。中には、とうとうと教育論を話す子もいて千差万別でした。多くは、小学一年生のときから通った子どもたちなので、ほんとにお別れはさびしい。でも、最後はみんなで肩を組んで一緒に写真を撮っていました。長い間、ご苦労様。いや、楽しかったのかな。みんな、さようなら。

ところで、小・中・高と、ぼくにはほとんど卒業式の、晴れやかな思い出はありません。なんだか形式的なことをやっているなあ、と思いながら参加していたからなのかもしれません。大学は八年在籍して、満期除籍になりました。学校からの除籍通知が、ぼくの卒業証書でした。卒業せずに大学を去ったぼくは、その三十年後に、教授として大学に戻ることになりました。学生のころには通う意義を感じることができなかった大学で教えるようになって、初めて、大学の意味がわかったような気がしました。もっとはやく気がつけばよかったのですが。

二年半前、五百人の教室をいっぱいに埋めた人たちの前で、最終講義をしました。しゃべりながら、ああ、これがぼくの卒業式だったんだと思ったのです。講義は録音されて、文字になり、ぼくの手元に残っています。ぼくは最後にこういったのでした。

「これで、大学でのぼくのお話はすべて終わりました。ぼくは作家として、こんなふうにお話を紡いで生きてきましたが、それは、子どもたちを育てるときと同じでした。彼らが知らないなにかを見せてあげたい。そんな思いも、大学でも一緒だったのです。そして、なにもかも、教えるより、受けとることが多かったことも。みなさん、十四年ありがとう」

卒業証書は、最後に、自分自身にあげるものなのかもしれませんね。

それでは、夜開く学校、「飛ぶ教室」、始めましょう。

2021年3月26日

ぼくの知っている蛮族

こんばんは。作家の高橋源一郎です。

今日は、後で、中村紘子さんの『ピアニストという蛮族がいる』という本を読みます。「蛮族」とは、野蛮で文明化されていない民のこと。でも、使われるときは、比喩として、すっかり社会に飼い馴らされ、牙を失ってしまったぼくたちにはないものを持っている人たちのこと。でも、少し憧れをこめて、です。中村さんは、本の中で、ピアニストと呼ばれる人たちは、みんな蛮族の性質を持っていると書いています。

ぼくの知人にもひとり、「ピアニストという蛮族」がいます。そして、彼は、ぼくが近くで見た、ただひとりの本物の天才でした。名前をGくんといいます。ぼくの通った学校は、その名を広く知られた中高一貫の進学校で、全国から天才と呼ばれる生徒が集まっていました。Gくんは、その中で、中学一年から高校二年まで、ずっと成績が一番でした。おどろくのは成績

ではなく、Gくんがまるで勉強をしなかったことです。カッコつけてではなく、Gくんは、ピアニストになるための猛烈な練習に明け暮れていたので、学校の勉強をするひまがありませんでした。でも、Gくんは、授業を聞いているだけで試験はできるよ、というのです。そもそも、Gくんがその学校に来たのは、家からいちばん近いところにあったからで、ピアノの練習の時間を確保するためだったのです。いやはや。天真爛漫、ひょうひょうとして、彼は誰からも好かれていました。以前、「すっぴん!」という番組で紹介したことがありますが、生徒会会長だった高校二年のときには、まるでドラマのように、修学旅行で仲良くなったバスガイドと駆け落ちし、学校や家族を巻きこんだ大騒ぎになりました。でも、みんなは「Gくんだから、しょうがないよね」といっていたのです。

学校から近かったGくんの家は、ぼくたちのたまり場になって、よく麻雀をしていました。すると、誰かが必ず「Gくん、なにか弾いて」というのでした。「なに弾けばいいんや」「そやな、ショパン」「難しいの注文すんなあ」。Gくんが、ピアノの蓋を開け、そして弾きはじめました。あれは前奏曲の何番だったでしょうか。ぼくが生涯で聴いた、いちばん美しいピアノの音でした。ぼくは麻雀の手を止めて、ただ聞きほれていました。うらやましかったのだと思います。社会の規範に従いその理由を考えないまま受験勉強にいそしむ自分たちとちがって、どこまでも自由な彼のことが。その彼が、どうなったのかは、また、別の機会に。
それでは、夜開く学校、「飛ぶ教室」、始めましょう。

2年目　前期

その人のいない場所で

2021年4月2日

弱さのアンテナ

こんばんは。作家の高橋源一郎です。

ここしばらく、古いテレビアニメ版の『新世紀エヴァンゲリオン』を見ています。映画版を見るための予習ですが、ほんとうに素晴らしい。『エヴァ』についてはファンの方がたくさんいらっしゃるので、ぼくになにかをいう資格はありません。けれど、碇シンジという肉体的にも精神的にも「弱い」少年を主人公にすえたことが画期的だと思ったのでした。シンジは誰よりも弱い。だからこそ、他の誰もが気づかない「痛み」も知ることができたのです。

次男が二歳のとき、急性の小脳炎になり、医者から、亡くなるか重度の障がいが残る可能性が高い、といわれたのをきっかけに、ぼくは「弱さ」の研究を始めました。子どもが、この世界で「最弱」の存在になるかもしれない、と思ったからでした。

次男は奇跡的に回復しましたが、その後もぼくはずっと「弱い者」を訪ねる旅をつづけまし

た。以前「すっぴん！」という番組でも何度か紹介させていただいたことがあります。難病の子どもたち、重度の障がい者、認知症の老人、等々。もちろん、ぼくになにかできるわけではありません。ただ横にいるだけ。それでも、不思議なことに、気がつくといつも、彼らからなんともいえない力をもらったような気がしたのです。「健常者」といわれる人たちからは、そんなものをもらったことがあまりないような気がするのに。自分ではほとんど発信できない、弱いからこそ、まるでアンテナのように、敏感に世界でなにが起こっているのかを察知しようとしている彼らを見て、ああまるでぼくたち作家と同じじゃないか、と思ったのでした。

じつのところ、ぼくたち作家は、ことばを創り出しているわけではありません。徒手空拳。弱い弱い一本のアンテナになって、どこからかことばの電波がやって来るのを待ちつづけている。ずっと耳を澄ませて。そんな存在です。

二十世紀が生んだもっとも偉大な世界文学ともいわれる、石牟礼道子さんの『苦海浄土』は、この世でもっとも弱い水俣病患者の横にいて、彼らのことばを書き取ったものでした。彼女自身も、一本の世界でいちばん敏感なアンテナとして。ただ書き写したのではなく、その中には、石牟礼さんの奥深くから湧き上がったことばも交じっています。それを引き出したのは患者さんたちのことばだったのです。

それでは、夜開く学校、「飛ぶ教室」、始めましょう。

2021年4月9日

会わないこと

こんばんは。作家の高橋源一郎です。

今夜は、ぼくの大好きな文章をひとつ紹介します。現代詩作家・荒川洋治さんの「会わないこと」という文章です。

雪の研究で名高い物理学者・中谷《なかや》宇《う》吉郎《きちろう》は青年時代、夏休みに、伯父の住む九州まで、会いたくて出かけます。父を早くに亡くした宇吉郎にとって、父代わりに可愛がってくれた大切な伯父でした。ひとときを過ごし帰ろうとするころ。それを描いた宇吉郎の文章を紹介したあと、荒川さんはこう書いています。

　東京に帰るという日になって、伯母さんは、名残りを惜しんだ。伯父さんは、平気なようだった。

「何処にいるのも同じこった。来年の休みにはまた来い」

と言ったのだった……。この随筆は、この一言で終わる。いつもそばにいたり、一緒に暮らせるのはうれしいことだが、会わないとしても、それはそれでいい。会うのと同じことだよ。伯父さんは、そう言いたいのだろう。

（……）近しい人と、ある期間、それも長い間、「会わないでいる」ということは、どういうことなのだろう（……）。楽しい時間を過ごした、あるいは、いまも心がつながっていて、でも、そんなに行き来するほどの関係ではない人。そういう人を、遠くから感じていること。それは人間にとって、どういうことなのだろうと。

あの人はいま、何をしているのだろうか。電話、手紙でも知ることはできるが、それはしない。相手は元気であろうと思うからだ。思うことが、知ることに近い。それで心が安らぐ。でも会っていないということは、相手が「死んでいる」ようなものだ。姿もかたちも「無い」。その点をみると物足りない。不安にもなる。よくも、こんなに大きな不安をかかえながら、これまでの人類はやってきたものだと思う。感嘆する。

反対に、相手が亡くなった人だと、会うことはできない。だとすると、「会わない」状態のなかで、耐えていることは、相手もこちらもが、いのちをもつ、つまり生きていることのしるしなのだ。生きているしるしが、「会う」ことよりも、「会わない」ことのほうにあるのだ。それは大きな世界だ。

荒川さんの文章はここまで。さて。かつては、会えないときには、数日かかる「手紙」か誰が出るかわからない固定電話ぐらいしか通信手段はありませんでした。いまは携帯にLINE。誰とでもすぐに繋がることができる。だからこそ、「会わない」相手への、期待に満ちた不思議な思いは生まれにくいものかもしれません。恋する相手にずっと会えなくて、その人のことしか考えられなくなってやっと会えたとき、うれしいのに、会えなかったときの方がもっと好きだったような気がした。そんなことはありませんか。

それでは、夜開く学校、「飛ぶ教室」、始めましょう。

2021年4月16日

アジール

こんばんは。作家の高橋源一郎です。

今夜は、最初にご報告があります。今日、ゲストに物理学者・早野龍五さんをお迎えすることについて、番組宛てに何件かの異議申し立てがありました。それは「早野さんは不正論文を書いているので、ゲストとして迎えるべきではない」という主旨のものです。それは早野さんともうひとりの著者による「福島県伊達市民の外部被ばく線量に関する」論文のことです。よくわからないので調べてみました。「研究不正の疑い」で、早野さんが東京大学科学研究行動規範委員会というところに告発されたようです。告発を受理した規範委員会の結論を、二〇一九年七月一九日に東京大学が公開しています。それは現在もウェブ上で読めるようですので、確認なさりたい方はお調べください。指摘された点について、こう述べられています。

いずれも論文著者の精査不足によるものであり、軽率なものであったと考えますが、規範規則第2条に定める「故意」によるものとは認められず、また、「研究者としてわきまえるべき注意義務を著しく怠ったことによるもの」とまではいえないと判断しました。

データ破棄については、論文の元となる研究データが伊達市において保管されていることを前提に、解析後に研究データを破棄する旨を記載した研究計画を福島県立医科大学倫理委員会にあらかじめ提出し、承認を得ていたことから、対象研究者による研究データの破棄は不正行為に該当しないと判断しました。

ぼくの日本語読解が間違っていなければ、「研究不正はなかった」という判断が下っているということだと思いますが、それでも不満な人がいるということでしょうか。その論文についても、反対する人たちの論拠についても、専門外のぼくには判断する能力はありません。専門家のみなさんがご自由に好きなだけ論議なさることだと思います。門外漢のぼくたちに刃を向けられても、ただ困惑するしかありません。

仮に、番組に出演された早野さんが、論文問題について、反対者を批判することをおっしゃったとして、それに抗議するのなら理解できます。そもそもなにをおっしゃるのかわからない、出演以前に「出すな」というのは、理解に苦しむことです。ぼく自身は、興味を持てないので、論文についてお訊きする予定は最初からありません。

もうひとつ、大切な問題があります。ラジオというもの、とりわけ、パーソナリティーがいるラジオ番組の本質に関わる問題です。「高橋源一郎の飛ぶ教室」に「迎えるべきでない」ゲストは、ひとりもいません。この世界にひとりも、です。この番組は、科学討論番組でも、社会や政治について討論する番組でもありません。パーソナリティーであるぼくが話してみたいかたを、個人的に招き、もしかしたら他の誰も興味を持たないかもしれないような個人的に興味のあることをお話しする、そんな番組です。

この番組をふだん聴いてくださっているリスナーのかたなら、ぼくが、この番組を中世の「アジール」のようなものにしたいといっていたことをご存じかもしれません。「アジール」は、中世の教会、あるいは「駆けこみ寺」のように、そこに入ってしまえば、外の権力も法律も倫理も届かない、自由な空間のことです。なにより、外の価値観から自由な場所。それが、ぼくの思い描く、「アジール」としての「ラジオ番組」です。外の世界では王様やとんでもない悪党であっても、ここでは同じ人間として対等に話すことができる。そんな番組でありたいとぼくは思ってきました。だから、いまでも、いちばん出てもらいたいのは、たとえば、それが可能なら、トランプ前大統領です。ぼくは、彼の思想も行動もなにひとつ支持できませんが、あまりに正反対なので、会って話してみたいと思ったのです。リスナーが固唾を呑んで見守る中、ぼくとトランプ前大統領が音楽の話で盛り上がる。楽しそうではありませんか。そう、ラジオは自由で楽しくなくっちゃね。

ぼくが早野さんに興味を持ったのは、ヴァイオリニストを目指していたのに物理学者になったから、東大に初めて「歌舞伎」のゼミを作ったからです。おかしな先生がいるなと思ったからです。それでは、ダメなんでしょうか。

今回は、早野さんが出演されるということで、おそらく、早野さんに批判的なかたもお聴きになっていると思います。どんなリスナーも歓迎します。「聴くべきではないリスナー」もまた、この番組にひとりもいません。こちらのことを嫌いでも、ぼくは嫌いじゃないです。聴いてくれてありがとう。聴いてくれているみなさんのこと、大好きです。ときどき、本心ではないこともいいますが、それは「冗談」というものなので、理解してください。眉をひそめて聴いているとしわが増えますよ。イッツ・ラジオ・タイム！

それでは、夜開く学校、「飛ぶ教室」、始めましょう。

2021年4月23日

世界でいちばんの番組

こんばんは。作家の高橋源一郎です。

今夜は、前回のいちばん最後にしたお話のつづきをします。いままで見た、最高のテレビ番組についてです。ご存じの方も多いと思いますが、一九六五年から一九九〇年にかけて、「11PM」という深夜番組がありました。東京キー局が週三度、大阪キー局が週二度、放送を請け負って、司会者は何人か変わりましたが、東が大橋巨泉さん、西が作家の藤本義一《ぎいち》さん、このふたりが中心だったと思います。深夜らしく、エロチックなコーナーも多く、おおいに顰蹙をかったかと思うと、社会問題に深く突っこんだコーナーもあり、自由で多様性に満ちた番組だったと思います。中でも、いちばん話題になったのが、「異色対談」というコーナーでした。ここでは、まったくジャンルの異なったゲストが登場し、ライヴで対談します。しかも、対談するまで、誰と話すのか、ゲストのふたりにも知らされていないのです。放送事故必至というか、最初から、放送事故になってもかまわないと腹をくくった作り方が異色でした。見ているほうも、異常な緊張感につつまれて、対談を見守ったものでした。

いまでも忘れられないのが、詩人の金子光晴と、ボクサーでおそらく当時世界チャンピオンだった輪島功一の対談です。始まる前、司会の藤本義一が興奮して「これはすごいです。ほんとにすごい。金子さんは、日本で唯一ノーベル賞級の詩人ですから」と、金子光晴のことを知らないアシスタントに向かって説明しているところがおもしろかった。

対談開始。どちらもしゃべらない。沈黙がつづきます。その様子を延々と映しているカメラ。やがて、諦めたように、輪島功一が「なにをなさっている方ですか」と訊ねると、金子光晴が「詩を書いています」。すると、輪島が「たいへんですね」。金子は「そうでもないです」。なんだかとてもおかしかった。どの対談も、こわごわ始まり、でもいつの間にか、まったくちがったふたりの間に通い合うものが生まれてくる。それが番組の狙いだったと思います。

記録を見ると、「先代の林家三平とオノ・ヨーコ」なんて回もあったようです。見たかったな。ふたりはどんなことを話したんだろう。もしかしたら、ものすごく気が合ったんじゃないか、そんな気もするのですが。それは、まだテレビも黎明期の息吹があったころの番組でした。ただのハプニングではない。深いところからの交流。この番組も、そんなことができるといいですね。
それでは、夜開く学校、「飛ぶ教室」、始めましょう。

2021年4月30日

神様が若かったころ

こんばんは。作家の高橋源一郎です。

今夜も、前回の終わりにしたお話のつづきから始めます。最近、ぼくは、豊島区にある「トキワ荘マンガミュージアム」に行ってきました。老朽化で取り壊された「トキワ荘」が、記念館として再建されたのは二〇二〇年のこと。「トキワ荘」という名前をご存じの方も多いでしょう。昭和三十年代前半、「マンガの神様」手塚治虫に始まり、才能あふれる若きマンガ家たちが住んだ「夢の砦」でした。メンバーは、寺田ヒロオ、藤子不二雄のふたり、石ノ森章太郎、赤塚不二夫。少し後に、水野英子《ひでこ》、通いのメンバーに園山俊二、つのだじろう。部屋はどれも四畳半で、風呂などなく、炊事場とトイレは共同でした。数年の間、彼らは隣り合った部屋でマンガを描き、ときには一室に集まってマンガの夢について語り合い、またときには、締め切りギリギリの誰かを手伝ったりしたのです。そのころ、小学校一年か二年だったぼくは、すぐ近くのアパートに住んでいました。熱狂的なマンガファンだった当時のぼくに教えてあげたかったですね。そんな彼らのエピソードの中で、一つだけとりあげるなら、これでしょうか。
昭和二十九年。藤子不二雄Ⓐこと安孫子素雄が、上京の下見にやって来ます。そして、深く敬愛する手塚の住むトキワ荘を訪問しましたが、この訪問のすぐ後、安孫子は切羽詰まった手塚の原稿を手伝うことになったのです。それは『ジャングル大帝』の最終回でした。のちに、安孫子はこう書いています。

主人公のジャングル大帝・レオと探検隊が、吹雪の中、ムーン山という山で一人ずつ、バタバタと倒れていく悲劇的なラスト。僕は吹雪を担当して描いていました。（……）僕は吹雪を描くうちに、自分が探検隊の一人になって、本当に山の中で凍死していくような気になっていきました。もう涙が出て、止まりませんでした。

いわゆる、マンガの世界の「アシスタントシステム」は、この事件をきっかけに手塚が思いついたといわれています。また、安孫子にとっても、「マンガ家としての生き方」を決定した大きな事件だったのです。こんなエピソードを読みながら、でも、ほんとうにおどろくのは、彼らが若かったことです。

二年後、昭和三十一年、「トキワ荘」のメンバーが集結したとき、安孫子は二十二歳、もうひとりの藤子不二雄、藤本弘も二十二歳、赤塚二十一歳、石ノ森十八歳。いや、そのとき、手塚治虫は二十八歳でした。「神様」も若かったのです。それは、マンガそのものが若かった証拠なのかもしれません。

それでは、夜開く学校、「飛ぶ教室」、始めましょう。

2021年5月7日

入院

こんばんは。作家の高橋源一郎です。

昨日、二年ぶりに人間ドックに行ってきました。ひさしぶりに訪ねた病院はすっかり面変わりして、みんなマスク姿。ドックの検診もずっとマスク着用でした。詳しい結果は後ですが、とりあえずは、問題なし。胸をなで下ろしました。

病院といえば、いままで、ぼくが入院したのは二度。一度目は、小学校一年か二年のころの夏休み、母の実家のある尾道に帰省中、海水浴で溺れたときです。従姉妹《いとこ》とふざけていて、海に落ち、気がつくと水中にいました。苦しくて、もがいて空気を吸おうとしても、鼻や口から入ってくるのは海水ばかり。すぐ頭上の海水面に、太陽の光が反射してキラキラと輝き、それはとても美しかった。子どものぼくは、ああ死ぬんだなと思いながら、それでも、きれいな水面を見つめていた記憶があります。すぐに近くのおとながぼくを助け、肺に水を吸いこんだぼ

くはしばらく入院していました。

二度目の入院は二十年前。胃潰瘍になり、胃からずっと出血していたのに気づかず、具合が悪いなあと思いながらそのまま放っておいたら、ついに立つのもやっとになって、慌てて病院に向かいました。医者の話では、全身の血の三分の一以上が流れ出していて、いつ死んでもおかしくない状態だったそうです。

病院へ行くタクシーの中から見た東京の風景は、なぜかほとんどモノクロに見え、けれども、目を細めてしまうほど眩しく、異様に美しく、光って見えました。まるで、現実の光景とは思えず、どこか異界の風景のようでした。重度の脳貧血になると、そんなふうに見えるのですね。修善寺の大患《たいかん》で胃から大量の出血をした漱石も、のちに、出血直後、頭上の電球が異様に輝いていたと書いています。病院に着いたぼくは、受付で病状について話しているうちに気を失って倒れました。目を覚ましたときにはストレッチャーで運ばれていたのです。結局、このときも、ぼくは九死に一生を得ることができたのです。

それ以来、おかげさまで、病気らしい病気もせず暮らしてきました。でも、ときどき、小学生で溺れたとき、目の前で輝いていた海の表面を、そして、二十年前タクシーの中から見た光り輝く東京の風景を思い出すのです。ちっとも怖くはありませんでした。ただ見ほれていたのです。もしかしたら、ぼくたちが最後に見る風景も、そんなふうに感じるのかもしれませんね。

それでは、夜開く学校、「飛ぶ教室」、始めましょう。

2021年5月14日

＊この日、「はじまりのことば」はありませんでした。

2021年5月21日

人生の初心者

こんばんは。作家の高橋源一郎です。

先日、十歳ほど年下の知人と話をしました。彼は先月から自動車教習所に通っているそうです。オートバイの普通二輪免許、かつての言い方では「中型二輪免許」(チューメン)をとるためです。もちろん、彼は自動車の免許を持っています。いまごろなぜ、と訊ねると、「自分でもよくわからない」と、彼はいいました。そして、「たいへんでしょう」というと「ほんとに大変」と答えたのです。

「チューメン」をとるのは、もちろんほとんどが若者。しかも、十六歳からとれる。極端にいうと、ほとんど孫といってもいいような若者たちと一緒に、彼の子どもほどの年齢の教官に教わりながら、教習所に通っているのです。優れたサーファーとして鳴らした彼も、還暦に近い歳となっては、体も思うように動きません。彼は、こういいました。

「ほんとに情けなくなっちゃいますよ。いちばん最初に二百キロ近いバイクを倒して起こすところをやるんですが、若い子は、みんな無理矢理腕力で起こせるのに、ぼくだけ腕力では起きない。教官に、それはコツがあるんですよ、といって、教えてもらって起こしました」

人間は、三十歳から運動能力が衰えてゆくといわれていて、若者たちが自然にできるようなことが、どれも自然にはできない。情けないなあと思いながら、少しずつ運転して、コースの半分までいったそうです。一時間目で、情けなく、きつくて、いますぐやめようと思った彼は、それでもつづけています。理由を訊くと、彼はこう答えました。

「でも、楽しいんですよ。若い子たちに交じって、学ぶのはね！　教習所も学校でしょ。学校に行くのは四十年ぶりだから」

彼は初心者の喜びをまた知りたくなったのだと思います。歳をとると、新しいことを学ぶのが面倒くさくなる。新しいことを知らなくても生きていけるし、生活できる。でも、なんだかすこしさびしく、つまらない。どんなことでも新しく知るのは楽しい。ワクワクします。小学校一年や二年のころ、もらった新しい教科書を開くだけでワクワクしたように。もっと小さいころは、雨が降った後の水たまりを見るだけでも楽しかった。星が美しすぎて、いつまでも夜の空を見上げていた。あれは、まだ、「人生の初心者」だったからなんですね。この番組で、そんな気持ちになれるといいな、と思います。

それでは、夜開く学校、「飛ぶ教室」、始めましょう。

2021年6月4日

その人のいない場所で

こんばんは。作家の高橋源一郎です。

先週の日曜日、ダービーを観るために東京競馬場に行ってきました。ぼくのような競馬ファンにとって、一年でいちばん大きなお祭りの日です。去年はコロナが流行って、無観客開催。今年はふだんの十分の一にも満たない人数に制限されていたけれど、やっと観客のいるダービーを観ることできました。気持ちのいい風、初夏の日差しを浴びながら、ぼくは去年亡くなった、作家の古井由吉さんを思い出していました。競馬ファンとしても知られる古井さんとは、他の場所ではなく競馬場でばかりお会いしていたのです。古井さんを思い出したのは、前の夜、古井さんのこんな文章を読んだからでした。

　ふっと思うことがあった。五年先、十年先のことを話そうとして、ふいに口をつぐんでしまうのが老年というものだが、何年先のことになるやら、たとえばダービーの日のスタンドかテレビの前で、そう言えばあの男、このダービーをもう知らないんだ、と生前の私のことをちらりと思い出す人がいるかもしれない、と今からそんなことを考えると、心細いようで、あんがい、慰められる気持ちになる。自分一個の生涯を超えて続く楽しみを持つことは、そしてその楽しみを共にする人たちがこれからも大勢いると考えられることは、自分の生涯が先へ先へ、はるか遠くまで送られて行く、リレーされて行くようで、ありがたいことだ。

まさに、目の前で始まろうとしているダービーを、古井さんはもう観ることができないのだ、と思ったのでした。自分の好きなものがもう観られない。けれども、それは、決して心細くもさびしいことでもなく、なぜなら、誰かが自分の代わりに、その場にいてくれるからだ。古井さんは、そう思われたのでしょうか。

その人のいない場所で、その人のことを思い出しながら、その人がやったように、なにかを紡いでゆく。かつては、そんな場所がたくさんあったように思います。お盆になると実家に集まってきた親戚たち、彼らが仏壇の前に座り、亡くなった誰かの思い出話をする。それを興味深そうに聞く孫たち。いや、そこに住む人たちが入れ替わっていっても、いつも同じように建っていた田舎の家。代々伝わってきたお祭り、儀式、古くからの習慣。自分がいなくなっても、失われずつづく「場所」、そんなものがあるとしたら、確かに、慰められる気持ちになるのかもしれませんね。

それでは、夜開く学校、「飛ぶ教室」、始めましょう。

2021年6月11日

田辺のつる

こんばんは。作家の高橋源一郎です。

マンガ家の高野文子さんに「田辺のつる」という短篇のマンガがあります。もう四十年も前の作品ですが、当時たいへん話題になり、ぼくもすっかり感心した覚えがあります。

主人公は四つか五つぐらいの、おかっぱの幼女。名前は「田辺つる」。つるちゃんが人形を抱えていると、女子高生くらいの女の子が「わーっ　いじっちゃだめーっ！／無断で私の部屋にはいらないでって言ってあるでしょぉっ！」。するとつるさんは「お人形かしてくださらなーい」。そして、女子高生の女の子はこういうのです。「だーめ　こわすから　おばあちゃんは」。そう、「田辺つる」は八十二歳のおばあちゃんだったのです。このマンガは、自分を幼い女の子だと思いこんでいる、というか、幼い女の子にすっかり戻ってしまったおばあちゃんを、そのおばあちゃんの主観に沿って描いたものでした。食べながらおかずを落とし、勝手に孫のボーイフレンドの前に現れて意味のないことをしゃべり、家族の邪魔者になっている、おかっぱの女の子。

四十年前、初めて読んだときには、表現の巧みさにおどろいたのですが、いま読むと、違った感想が浮かびます。「田辺つる」は、珍しい事例ではありません。少し前、ぼくたちの中には、誰でも、子どものころの自分が生きている、ということをお話ししました。けれども、同時に、それが子どもだとわかる、おとなの自分も生きているのです。けれども、「田辺つる」は、それが子どもだと教えてくれる、おとなの自分がいなくなり、ひとりぼっちになってしまったのです。認知症では、よくある事例のひとつなのですが。

ぼくは、以前、認知症の施設にお邪魔して、しばらくご一緒させていただいたことがあります。子どもに戻り、そのころの話に打ち興ずる人たち。そんな九十歳近いおばあさんのひとりが、散歩の途中、なにもない場所にたたずんで動かないので、職員にうかがうと、「そこは五十年前、駄菓子屋があったところなんですよ」と教えてくれたのでした。そのおばあさんの顔は、すっかり子どものように、幼いものになっていました。もしかしたら、どんどん暗くなってゆく夕方の光の中で、おかあさんのところへ帰ろうか、と思っていたのかもしれません。それは、そんなにさびしい風景ではありませんでした。なぜなら、職員の話では、そのおばあさんの世界では、とうに亡くなったはずの親もきょうだいも、みんな生きているからでした。

それでは、夜開く学校、「飛ぶ教室」、始めましょう。

2021年6月18日

貝殻を拾う

こんばんは。作家の高橋源一郎です。

ぼくが住んでいる鎌倉は、海が近く、緑も多いので、よく散歩をします。いつも観光客が多いので、できるだけ裏道を通って。いまの季節なら、まだ暑くない朝方か、夕刻、陽がかげるころ、歩きます。この間、義理の弟が、昨晩近くでホタルを見たよ、というので、暗くなってから、近所のホタルの名所のお寺の近くに行きました。去年も一昨年も見かけなかったのです。暗い中、探してもなかなか見つからない。そう思って、ふと見上げると、遥か頭上を鮮やかな光の点がゆらゆら飛んでいきました。ことばで表現するのはとても難しい、それはそれは美しい光でした。

先日、海岸に散歩に行こうとすると、珍しく妻が一緒についてきました。そして、海岸に着くと、ゆっくり歩きながら、貝殻を拾い始めたのです。知人から、なにか細工に使うために、拾ってきてほしいといわれたようでした。「どんなのを拾えばいいの」とぼくが訊ねると、「自分できれいと思ったもの」と妻はいいました。だから、ふだんなら速く歩くぼくも、貝殻を拾いながら、いつもよりずっとゆっくり歩きました。あたりの様子を窺いながら。晴れた日で、海岸のあちこちに若いカップルがくっついて座り、海の向こうをながめていました。いい風景だ、と思いました。

家に戻ると、妻は、拾ってきた貝殻を大きな皿にあけ、リビングのテーブルの上に置きました。そして、ぼくたちはしばらく、その皿の上の貝殻たちをながめていました。「いいね」とぼくはいいました。「なんだかすごく」。「そうね」と妻もいいました。「海岸の砂の上にあったときは、そんなこと感じなかったのにね」と。そうです。砂の上には貝殻などありふれていて、誰も気に留めません。けれど、それがいったん、皿の上に載せられ、テーブルの上に置かれると、燦然と輝くように見えたのでした。生命を持っていた肉体はとうになくなって、ただ殻だけが残ったのに。その美しさに気づくためには、いったん、家まで、遠くまで運んでゆく必要があったのでした。もっといろいろ考えてみたいな、と思いました。そこには考えるべきなにかがあるような気がしたからです。でも、もういい、十分だとも思いました。そして、この貝殻を知人に進呈したら、この次は、自分たちのために貝殻を拾いに行こう。そう思ったのでした。

それでは、夜開く学校、「飛ぶ教室」、始めましょう。

2021年6月25日
家族の肖像

こんばんは。作家の高橋源一郎です。
今日とりあげる『あれよ星屑』は、敗戦直後、焼け跡となった東京を舞台に、戦地から復員してきた兵士、新しい時代を生きようとしていた女たちを描いた作品です。ぼくは、この傑作マンガを読みながら、ずっと、自分の家族のことを思い出していました。主人公の川島は、軍人の家に生まれ、士官学校に行っていた兄が戦死、その跡を追うように、大学をやめて兵士として中国に向かい、凄惨な戦争の現実に出会うのです。

ぼくの父の実家も、軍人の家でした。大阪にあった実家には、戦争中には多くの軍人が集まりました。その中の親戚のひとりに、あの大杉栄と伊藤野枝を虐殺した甘粕大尉もいたのです。父の実家には、大きな仏壇のある部屋があって、そこには、軍服姿も凛々しい若者の写真が二枚飾られていました。一枚は、中国戦線で戦い、ソ連軍の捕虜になってシベリアの収容所で死んだ上の伯父の写真。もう一枚は、フィリピンで戦死した下の伯父の写真でした。脚が悪かった父親は、兵士にとられずにすんで、生き残ったのです。祖母やおばたちは、よく、伯父たちの話をしてくれました。たとえば、フランス文学やシャンソンが好きで、顔つきがぼくに似ていたとよくいわれた下の伯父の話を。けれども、幼いぼくは、戦争で亡くなった見知らぬ伯父たちのことなど、まるで興味がなかったのです。

彼らは、どうして、あんなに熱心に、ぼくに戦争の話をしたのでしょうか。なにか伝えたいことがあったのです。でも、ぼくには彼らの気持ちを理解することができませんでした。父が経営していた工場の工場長だったJさんは、中国戦線に派遣された兵士でした。ほんとうに子どもだったぼくが、その人に「戦争って、どんなの」と訊いたら、父は「そんなことを訊くな」といって、ぼくを叱ったのでした。あれが、唯一、ぼくが、戦争についてなにかを訊こうとした経験だったのかもしれません。

亡くなった下の伯父の恋人だったという人はどんな人で、ふたりはどんなふうに付き合って、別れることになったのでしょうか。ほんとうになにかについて知りたいと思ったとき、それを知っている誰かは、もういないのです。

それでは、夜開く学校、「飛ぶ教室」、始めましょう。

2021年7月2日

自分のからだの主人になる

こんばんは。作家の高橋源一郎です。

数年前からダイエットを始めました。きっかけは、子どもたちと共有していたジーンズがはけなくなったことです。みんな、体重が六十二キロほどのはずだったのに、こっそり計ってみると、ぼくだけ六十九・五キロになっていました。ショック！　突然大食いになったわけでも、病気になったわけでもありません。歳をとって基礎代謝が落ち、いつもの食事では太るようになったのです。だからダイエットを始めました。いろいろやってみました。運動も少しずつ。試行錯誤の連続でした。だいたい、作家なんて、一日中机に向かって原稿を書き、締め切りが迫ると、毎晩のように徹夜に近い日がつづきます。夜中に食べる食べる。ダイエットなんかやってる余裕はありません。でもなあ、と思いました。歳をとってから生まれた子どもたちのためにも、できたら健康でかつ長生きしたい。そこから始まったダイエットでした。

たくさんのダイエット本を読み、資料を調べ、そして、自分でやってみました。なにをやってきたのかは、実は、いまあるウェブに連載しています。そして、いま、体重は六十二キロです。最近では、ふつうに食事をしていると痩せてしまうので、なるたけ食べるようにしています。人間ドックの先生に、基礎代謝が劇的に良くなりましたね、と誉められました。いま、やっていることは、一日に九十分、からだのための時間を作ること。そこで速歩(はやあし)を入れたウォーキングを七十分から八十分。スクワットは一日年齢＋一回。エスカレーターやエレベーターを使うことは原則としてやめました。仕事場にいることが多いので、そこのキッチンで自分で料理をします。毎回、メニューを考えて。

ダイエットを始めて気づいたのは、それまで、自分のからだにまるで無関心だったことです。それから、自分のからだに関心を持つようにしました。どんな状態なのか。どうしたいのか。疲れているのか。動きたいのか。休みたいのか。そして、からだに必要なものを与えてあげるのです。何年も、何十年も、重く、だるいような気がしていたのに、いつの間にかそこから抜け出した気がします。それは、初めて、自分のからだの主人になれたからかもしれません。そう、いちばん大切なのは、自分を自分以外のなにかに支配させないことなのかもしれませんね。

それでは、夜開く学校、「飛ぶ教室」、始めましょう。

2021年7月9日

父の帽子

こんばんは。作家の高橋源一郎です。

今夜は、父の話をします。生きていれば、父は今年でちょうど百歳になるはずです。亡くなってもう二十五年ほどたちました。父は幼いころ、小児麻痺にかかり、左脚が不自由でした。三男でもあり、絵を描くことが好きだった父は、画家として生きていこうと考えていたのです。兄はふたりとも大学を卒業して軍人になりました。三男だった父は軍事教練に耐えられないからだだったので、教練がないキリスト教系の大学に入り、そこで絵画部のキャプテンをしていたようです。戦後しばらく、その大学の食堂に父の絵が飾られていたと聞きました。戦争で兄たちが亡くなり、思いもかけず、父は祖父が経営していた鉄工所を継ぎました。残念ながら、父に経営者としての才覚はなく、やがて工場は倒産し、ぼくたち一家は東京に夜逃げ。そこで少しの間、父は画商をしていました。

小学校一年だったぼくの記憶には、なぜかベレー帽をかぶった父の姿が残っています。絵を描く才能はともかく、それを商売にすることは父には無理だったのです。すぐに失敗。それからずっと、父はなにか仕事についていては辞める、失敗しては行方不明になる、酒やギャンブルに溺れるといった生活を繰り返しました。ぼくたち家族は、呆れ果て、やがて母は家を出てゆくことになり、最晩年、父はひとりで暮らすようになったのです。

亡くなるまでの数年間、突然、父はベレー帽をかぶるようになりました。それは、父がなりたかったものの象徴だったのかもしれません。それほどまでに絵が好きだったのに、父が絵を描いているところを見たのは一度だけです。中学生のころのこと、夜中に目覚めると、隣の両親の部屋で誰かが起きている気配がしました。ほんの少し障子を開けると、布団に寝そべって父がなにかを真剣に描いていました。見てはいけないものを見たような気がして、ぼくは慌てて障子を閉めました。

それから長い時がたち、父が亡くなった後、母にその話をしました。すると、母は小さな声で「お金がないとき、パパはあぶな絵を描いて売ってたんや」といいました。「あぶな絵」は春画のこと。父と絵の話をしたことも、芸術について話をしたことも一度もありません。いや、まともに話したことすらほとんどなかったのです。いまは、ただ、そのことをとても残念に思います。

それでは、夜開く学校、「飛ぶ教室」、始めましょう。

2021年7月16日

父と母の肖像

こんばんは。作家の高橋源一郎です。

最近、この番組の冒頭の時間で、よく父母のこと、とりわけ父のことをよく話します。おそらく、それは、ぼくがいま、彼らが若かった時代について小説を書いたり、また、彼らの晩年に近い歳に、ぼく自身が近づいているからだと思います。以前は理解できなかった父や母のことが、なぜか、すんなりとわかるような気がするようになったからでしょうか。

ぼくは、長い間、両親のことを考えようとしませんでした。十八歳で大学に入学してからは、ほぼ実家に戻っていません。興味がなかったからなのか、彼らのような生き方をしたくなかったからなのか。そして、両親なのに、彼らのことをほとんどなにも知らないのです。けれど、若いころの両親の記憶で、不思議な光景として残っているものがひとつあります。

ぼくがまだ四歳か五歳、小学校に入学する前のこと。大阪にある大きなキャバレーに連れていかれたことがあります。天井にはミラーボール、生バンドが演奏している音楽、そして、きれいに着飾ったドレス姿のおとなの女たち。幼いぼくは、見たことのない世界に入りこんで、興奮していました。ぼくの横にはドレス姿の女の人が座って相手をしてくれています。その女の人の声がいまでも耳に残っています。「あんたのママ、きれいやねえ」

フロアで、父と母が優雅にダンスをしていました。見たことのないふたりでした。父は三十代前半、母はまだ二十八くらいだったはずです。カッコいい、と思いました。すごい、と思いました。いや、そんなことばはまだ持っていなかったかもしれません。それでも、あれはぼくのパパとママなんだ、と思い、誇らしかったことだけは覚えています。いったいなぜ、そんなところに行ったのか。そしてどうして、子どものぼくを連れていったのかはわからないのですが。

母は尾道のプチブルの娘で、宝塚歌劇団志望。戦後は、東宝の第一期ニューフェイス募集に応募して合格したけれど、祖父の一存でキャンセル。ダンスは得意だったそうです。父は金持ちの坊っちゃんで遊び人だったと聞きました。脚は不自由だったはずなのに、ダンスは得意でした。でも、ふたりがどうやって知り合ったのかすら、聞いたことはありません。興味がなかったのです。ぼくが知っているのは、退屈で、いつも金策に走って、夫婦仲の悪い両親でした。

彼らにも、光り輝く青春があったはずなのに、そんなことを想像したことすらなかったのでした。

それでは、夜開く学校、「飛ぶ教室」、始めましょう。

2021年9月10日

大人は判ってくれない

こんばんは、作家の高橋源一郎です。

長い夏休みが終わって、今日から、また「飛ぶ教室」が始まります。みなさんは、どんな夏を過ごされましたか。高校生の子どもたちも、寮生活から戻り、ひさしぶりに家で過ごしました。この年ごろの子どもと話をするのは、なかなか難しい。特に、高校二年の長男は、将来の進路を真剣に考えているようなので。おせっかいはしたくない。でも、放っておきたくもない。なので、ぽつぽつ話します。ぼくも高校生のころは、親にあれこれいわれるのはイヤでした。自分が親の立場になると、あのころのことを思い出して、よけい口が重くなります。

どんな話をしていたのかは覚えていません。話の途中で、彼の表情がホッとゆるんだのが見えました。彼は、ずっと幼いころのような、無邪気で無防備な微笑みを浮かべていました。よかった、と思いました。それだけでもう十分だと。親の前でそんな笑顔を浮かべることができるなら、それでいいと。

この間、青春映画、いえ少年映画の傑作、フランソワ・トリュフォー監督の『大人は判ってくれない』を五十数年ぶりに見ました。そして、深く感動したのでした。

主人公のドワネル少年は十三歳で、共働きの両親と暮らしています。この両親には秘密があるのです。かつて母親は若いころ、結婚せずに妊娠して、中絶しようとするところを、自分の母にとめられ、本意ではなく出産。そのまま自分の母親に育ててもらいます。そして、少年を育ててくれたその祖母が亡くなった後、仕方なく引き取ったのです。愛のない母親と自分に無関心な義父と暮らすドワネル少年。独裁者のように君臨して、自分のいうことを聞かない生徒に罰を与える教師しかいない学校も、地獄のようでした。仲のいい友達だけが心の拠り所だったドワネル少年は、やがてグレて、鑑別所に送られます。そして、面会にやって来た母親は少年にこういい放ちます。「おまえを引き取る気はない。ひとりで勝手に生きてゆきなさい」。ドワネル少年は十三歳。母親も義父も、彼を名前で呼んだことは一度もありませんでした。いつも「おまえ」。映画の中で、ドワネル少年は、友達の前でだけ、無邪気で、無防備で、子どもらしい微笑みを見せるのです。両親の前では一度も見せたことのない、微笑みを。

それでは、夜開く学校、「飛ぶ教室」、始めましょう。

2021年9月17日

最初のライヴ

こんばんは。作家の高橋源一郎です。

南青山のライヴハウス「ブルーノート東京」まで、この番組のテーマを作曲していただいたジャズミュージシャンの菊地成孔《なるよし》さんと歌手のＵＡさんのライヴを観に行きました。いえ、聴きに行きました。菊地さんとＵＡさんのコンボは、十五年前に『cure《キュア》 jazz《ジャズ》』というアルバムで大成功。七年前に一度再結成して、今回が三度目です。実は去年の暮れに予定されていたのに、コロナ禍のせいで半年以上順延して、やっとライヴにこぎつけたのでした。店は、徹底した感染対策をほどこして、演奏と鑑賞、音楽そのものを守る気概に溢れて見えました。そして、バックバンドを引き連れたふたりが登場。静まり返った店の中に、音楽が流れはじめたのでした。ほんとうに、ほんとうに素晴らしいライヴでした。ぼくは、彼らが作る音楽に耳をかたむけながら、ただひたすら、ＪＡＺＺはいいなと思ったのでした。

そのライヴでの、小さなエピソードをひとつ、ご紹介したいと思います。近くの客席にひとり、若い男の子がいました。もちろん、マスクをしているので顔ははっきりとはわかりません。けれど、高校生、いや、もしかしたら中学生なのかもしれません。その傍らには、父親らしき男性の姿もありました。男の子が父親らしき男性の耳もとでささやき、逆に父親らしき男性が、男の子にそっとささやきます。そして、ライヴが始まると、男の子はほとんど微動だにせず、音に向かい合っているようでした。ライヴが終わり、短いアンコールの時間も終わり、ミュージシャンたちが立ち去ると、三々五々、客たちも帰りはじめました。親子づれらしいふたりも。男の子が父親らしき男性にマスク越しになにかをささやくと、彼はにっこりと微笑み、そしてふたりは外へ出ていったのでした。

こんな想像をしてみました。それは、男の子にとって、最初のＪＡＺＺ。最初の、父親とゆくライヴ。最初の、おとなの文化との出会い。最初の、未知の世界との遭遇。処理しきれない感情を抱え、家に戻り、そしてベッドの中でなにを考えるでしょうか。ぼくは、ぼく自身の、最初のＪＡＺＺ、最初の未知の世界との遭遇の瞬間を思い出していました。目もくらむようなショックを受け、眠ることもできず、けれども、ああもっと知りたい、もっと広い世界のことを知りたい、と思ったのでした。

それでは、夜開く学校、「飛ぶ教室」、始めましょう。

アルバイト

2021年9月24日

こんばんは。作家の高橋源一郎です。
ぼくが初めて労働、いやアルバイトというものをしたのは十九歳の夏でした。最初は甲子園球場の売り子です。夏の暑い盛り、汗だくで働きました。たいへんだったけれど、不思議に爽快でした。それから三十歳で作家デビューするまで、およそ十二年、ぼくはずっと肉体労働をしていました。
二十歳から二十一歳にかけておよそ一年半、いろんな工場で働きました。賃金が良かったのです。いちばん長かったのは、ある大手自動車工場の季節工でした。三度、計八か月ほど働いたと思います。昼間と夜間の二交代制で、それぞれ半日近く、ベルトコンベアーの前に立っていました。いくつかの工程を変わりましたが、ぼくの前をずっと、ベルトコンベアーが流れてゆくことに変わりはありませんでした。巨大な工場には窓がなく、一日中、煌々と電気がついています。その中で、ぼくは、他の工員たちと同じ作業に従事していました。作業は単純で、すぐに慣れ、作業について考える必要もなく、最初のうちはぼんやりと頭の中にいろいろなことが思い浮かびました。けれども、いつしか、なにも考えなくなり、ただ時が流れるのを待つようになりました。そのうち、不安なような、恐ろしいような、苛立ちを感じるようになりました。いま何時なのか、夜なのか昼なのかすらわからなくなり、時間が止まってしまったような気がしました。ダメだ、耐えられない。毎日のようにそう思うようになりました。

時々、ベルトコンベアーが止まります。それが休憩の時間でした。工員たちは一か所に、あるいはバラバラに座って、短い休憩を過ごします。しゃべる者は誰もいませんでした。夜中に、小さな職場集会がありました。選挙が近くなって、労組がその対策で開いたのです。派遣された専従組合員が社員の工員に話をしていました。みんな黙ってうつむいているだけでした。

そんな社員のひとりで、まだ二十代の若い工員が、ぼくの耳もとで呟きました。いまでもよく覚えています。

「もう家をローンで買ったよ。あとは死ぬまでそのローンのために働くんだ。なにも考えずに。早く定年にならないかなあ。それが唯一の楽しみだよ」

工場の中で突然、おかしくなった工員が自殺すると教えてくれたのもその若い社員でした。

それからしばらくして、ぼくは自動車工場をやめました。

いまでも時々、半世紀近く前、ぼくの前を流れていったベルトコンベアーの夢を見るのです。

それでは、夜開く学校、「飛ぶ教室」、始めましょう。

2年目　後期

いつもの道を逆向きに歩く

2021年10月1日

本棚

こんばんは。作家の高橋源一郎です。

リスナーのみなさんのお宅に本棚はあるでしょうか。いま、本棚のない家が増えているそうです。本は重く、場所をとるので、買わないし読まないようになった。あるいは、電子書籍ですませてしまう。そういう人が増えました。ぼくが教えていた学生たちですらそうでした。でも、手にとれる本はいいものだと思います。それが並べてある本棚も。本棚を見ると、その人がわかる、といわれます。そう思います。ずっと若かったころから、友人の家に行くと、あるいは彼女の家に行くと、つい、その人の本棚を見てしまうのでした。ああ、こんな本を読んでいるのか。思った通りだ。あるいは、えっ、こんな本がある。もしかしたら、彼には、あるいは、彼女には、ぼくの知らないところがあるんじゃないだろうか。そんなふうによく思ったのです。

中学一年生のとき、関西のある進学校に転校しました。そこで、ぼくは、生まれて初めて、広く深く本を読む少年たちに出会いました。ぼくも読書は好きでしたが、誰でも読むような日本や世界の名作、漱石や鷗外やドストエフスキーを読んで、いっぱしの読書家を気どっていたのです。けれども、彼らはちがっていました。彼らが読んでいたのは、その時代のいちばん新しい作家、思想家、哲学者のものでした。いま思えば、彼らは、センスのいい大学生と同じものを読んでいたのだと思います。彼らの話に出てくる作家や思想家の固有名詞を、ぼくはひとつも知りませんでした。彼らのひとりの家に行ったとき、本棚を見ました。どれひとつ知らない作家や思想家の本で埋め尽くされた本棚でした。なにを話していたのかはほとんど覚えていません。ぼくの関心は、彼との話より本棚の本に向けられていたような気がします。そこには、ぼくの知らない、未知の、豊かな世界がある。ぼくにはそう思えました。ああ、いつか、このすべてを知ることができればいいのに。彼にはなにも訊かず、ぼくは、本のタイトルを暗記して戻り、その後、本屋に行ったのでした。

あの本棚を見ながら、ぼくは、若い人間だけが抱くことのできる、強い憧れの感情を抱いたのです。本を読みたいというより、その本を自分のものにしたい、そんな不思議な感情でした。買った本を読んでもわかりませんでした。それでもよかったのです。憧れて、背伸びをして、

憧れて、背伸びをして、気づいたときには、ぼくは作家になっていたのでした。
それでは、夜開く学校、「飛ぶ教室」、始めましょう。

2021年10月8日

マイ・プリズン・ブック・クラブ

こんばんは。作家の高橋源一郎です。

十八歳のとき、学生運動に参加していたぼくは、逮捕されて、留置所に入りました。そこで、いちばん困ったのは、なにも読めないことでした。新聞も雑誌も本も一切ダメ。活字がないのがそんなにつらいとは。量の少ない弁当でお腹が空くより、自由を奪われるより、なにも読めないのがいちばん苦痛でした。ちょっと具合が悪くなって、もらった胃薬の小さな瓶に、効能書きが印刷されているのがうれしくて、一晩中読んでいました。それから、ぼくは少年鑑別所に移されました。いちばんうれしかったのはやっと本が読めることでした。鑑別所では、小さなワゴン車に本を積み、少年たちの部屋を次々に回るのです。その中から一冊選んで読むことができる。最初は喜びました。とにかく本だったから。二、三冊読んで、読みたい本がほとんどないことに気づきました。回ってくる本の種類はばらばら。真剣に選んだ跡はありません。

いらなくなった本を集めてきただけ。そんな感じでした。その中からなんとか選んで読みました。司馬遼太郎を初めて読んだのは、そのときです。

ぼくの犯した罪は重いと判定されたのか、最後にぼくは起訴されて、東京拘置所に移されました。一九七〇年の二月のことです。仕方ない。とりあえず本が読めるし。友人たちに頼んで本を差し入れてもらうことにしました。ぼくの持っていた本、友人たちの本、頼んで買ってきてもらった本。拘置所の独房ではすることがありません。八月に保釈されるまでの約七か月、起きている時間の大半を、ぼくは読書に費やしました。そう、それから大事な人に手紙を書くことに。

手紙の中身の大半は、いま思えば、読んでいる本のことでした。生涯でいちばんたくさん、しかも集中的に本を読んだのは、そのときでした。いま、ぼくが少しだけロシア語ができるのは、そのとき、独習したからです。しかし、不思議なのは、あれだけ本を読んだのに、どんな本を読んだのか、少しも覚えていないことです。マルクスの『資本論』は読みました。けれど、あとは、なにを読んだのだっけ。

何年か前、本棚を整理していたら「東京拘置所」のラベルを貼った本が出てきました。ジャン＝ルネ・ユグナンという、若くして亡くなった作家の『荒れた海辺』という、美しく悲しい、恋愛小説です。最後の頁に、ぼくの筆跡で、小さく「さよなら」と書いてありました。十九歳のぼくは、なにに向かって、そう書いたのでしょう。それも覚えていないのです。

それでは、夜開く学校、「飛ぶ教室」、始めましょう。

2021年10月15日

古い本

こんばんは。作家の高橋源一郎です。

仕事柄、本はたくさんあります。あらゆるところに、混乱した状態で。本棚だって、二重三重に詰めこんでいるので、奥になにがあるのかわからない。仕方のないことですが。その中には、古い本もあります。古本屋で買った古書、だけではありません。いつの間にか、ぼくの本棚の奥に住み着いた古い本たちです。

トーマス・マンの『魔の山』を、ぼくは、三笠書房という出版社から出ていた「三笠版現代世界文学全集」で読みました。一九五五年に刊行されたものです。それは、伯母、いえ父の姉がひとりで暮らす、小さな家の応接間に置かれた、不似合いなほど大きく立派な書棚の中に入っていました。その全集は家を出ていった伯母の夫が残した数少ないもののひとつでした。

「わたしには難しくてわからないから、あなたが読んで」と伯母は、高校生のぼくにいいました。美しいけれど、家事もできず、難しい話にもついていけない。伯母は歳をとっても、まるでお人形のような可愛い人でした。ぼくが、その本棚の現代世界文学全集の中から本を選んで読むと、彼女は、よくいったのでした。「ゲンイチロウさん、それはどんなお話なの？」。そして、「あの人は、よく読んでいたわよ」と。そのうちの何冊かを、ぼくは持ち帰り、それから半世紀、いまもひそかにぼくの本棚の奥で息づいているのです。

サン・ピエエル作、木村太郎訳『ポオルとヴィルジニイ』という、表紙が剝がれそうになった本を、ぼくは、もうひとりの叔母さんからもらいました。荷物を整理していたら、昭和二十年、フィリピンで戦死した伯父、父のすぐ上の兄の遺品から出てきたそうです。フランス文学が好きだったその伯父は、戦争がなければ文学の道に進みたかったといっていた。そんな話も聞きました。それは南の島で繰り広げられる、少年と少女の純粋な愛の物語でした。

ふたりの心を占めているのは、お互いの愛情と母親たちの慈愛だけ。役に立たない学問をむりやり詰めこまされることも、つまらない道徳の教えに退屈させられることもない。ふたりは、盗むべからず、という戒めを知らない。家ではすべてがみんなのものだったから。質素なものではあるが、食べものはふんだんにあったから。嘘をつくべからず、という戒めも知らないのは、何ひとつ隠し立てをする必要などなかったから。

この物語を、伯父は、どんな気持ちで読んだのでしょうか。戻ることのない旅に出る直前に。

それでは、夜開く学校、「飛ぶ教室」、始めましょう。

Tさんのこと

2021年10月22日

こんばんは。作家の高橋源一郎です。

数日前の夜、鎌倉の知人から電話がありました。その人は「Tさんが亡くなったよ」といいました。「こんなご時世だから、家族葬ですませ、会葬、弔問、香典等、すべて控えてほしいとのことだよ。故人の意思もそうだったようだ」と。「ありがとう」とぼくはいいました。そして、Tさんのことを考えたのでした。

Tさんは、ぼくが二十代のとき、ずっとお世話になった建設会社の社長、ぼくが勤めていたころは専務でした。その家族経営の建設会社で、ぼくは二十代の十年間、ひたすら肉体労働に励みましたが、Tさんはぼくより三つ年上で、会社では兄のような存在でした。子どももほぼ同じころに生まれ、また、会社で唯一の大卒だったTさんとは、よく話をしたのです。保育園に迎えに行かねばならないぼくのために気を使ってもいただきました。Tさんの子どもの家庭教師を頼まれたこともあります。一度だけ、「いつまでここで働いてるんだよ、ほんとうは他にやりたいことがあるんだろう」といわれたことがあります。でも、どう答えたかは覚えていません。Tさんも同じ質問は二度としませんでした。

三十一歳である文学賞を受賞し、ぼくはいったん鎌倉を離れました。二度と戻ることはあるまいと思っていた鎌倉に戻ったのは二十年後。実は、知り合ったばかりの妻が、偶然Tさんの子どもの同級生だったのです。

Tさんと再会したのは、そのころちょうど、奥様が亡くなられた葬儀のときでした。それから、ときどき会って、あのころの話をしました。ふたりがまだ二十代だったときのことを。

Tさんは二年ほど前に、仕事から引退。実は、そのころ病が発覚していたと今回初めて知りました。いま思えば、終わりに向かっての準備をし始めていたのでしょう。去年、Tさんに頼まれてひとつ仕事をしました。そのとき、Tさんは目を潤ませて「ありがとう」と何度もぼくの手を握っていました。その意味がいまではわかるのです。ぼくの知り合いは、ほとんど、作家になってからの人たち。それ以前はごく少数の親戚と学校の友人。周りとの関係を一切絶っていた、ぼくがいちばん苦しかった二十代のころの知り合いは、Tさんぐらいでした。ある時間の記憶を共有していた誰かが亡くなるとき、ぼくたちは、その時間そのものをなくしてしまうのかもしれませんね。
それでは、夜開く学校、「飛ぶ教室」、始めましょう。

2021年10月29日

古い写真のように

こんばんは。作家の高橋源一郎です。

先日、ある美術番組に出演させていただきました。ピカソの門外不出の傑作『ゲルニカ』をテーマにした回です。この撮影のとき、本物は見ることができないので、スタッフが直接、スペインまで赴き、8Kで撮影した映像を見ることになりました。8Kの解像度はすさまじく、もう実物そのものといってもいいような気がしました。おそらく近いうちに、ぼくたちは、ドラマもニュースも、現実そのもの、あるいは、現実より生々しい映像を見ることになるでしょう。そのとき、ぼくたちは、どんなふうに感じるのでしょうか。

イタリアの名監督F・フェリーニは晩年の作品『インテルビスタ』に、そのおよそ三十年前、自らが監督した映画史に残る偉大な傑作『甘い生活』の主役マルチェロ・マストロヤンニを連れて、その作品に出演していた女優、アニタ・エクバーグを訪れるシーンがあります。そして、彼女の家で、ふたり並んで腰かけた、その前にスクリーンが下り、『甘い生活』が始まります。三十年も前の、若々しく、圧倒的に美しいふたりの俳優が、スクリーンの上で生きて、動いていました。享楽の一夜を過ごしたふたりは、噴水の中に入り、歩き回ります。生きることの危うさを描いた、その名シーン。それを見つめる、すっかり老い、肥ってしまった、ふたりの俳優。そのとき、アニタ・エクバーグの目から涙がこぼれます。時が流れることの残酷な仕打ちに、胸を痛めながら、ぼくはいいようがないほど強く感動していたのでした。鮮やかなカラーの現在にいる、ふたりの俳優の顔に刻まれた深いしわ。それに対して、三十年前のモノクロの画面に映っているのは、古い写真の中の人たちのような、確固としたたたずまいでした。

懐かしい誰か、懐かしいなにかが写った古い写真は、色あせ、はっきりとした映像でなくても、ときに、ぼくたちを強く動かします。それは、その写真が、時間そのものを写しているように、見えるからなのかもしれません。写真を撮ることは簡単になりました。小さなスマートフォンでいつでも鮮明な写真を撮ることができます。そして、映像は現実そのものに近づいてゆくでしょう。紙のアルバムではなく、写真はクラウドの中で保存されるでしょう。そのとき、ぼくたちは、古い、色あせた写真と同じように、その写真に時の流れを感じることができるでしょうか。なぜなら、記憶というものは、8Kの鮮明な映像ではなく、白黒写真や古いモノクロ映画のようなものに思えるからです。
それでは、夜開く学校、「飛ぶ教室」、始めましょう。

2021年11月5日

日常

こんばんは。作家の高橋源一郎です。

昨日、ある文学賞の選考会がありました。そして、ひとつの作品が受賞することになりました。その作品には選考委員全員が○をつけました。つまり全員が受賞作にふさわしいと思ったのです。それは、ほんとうに珍しいことでした。でも、今日しゃべりたいのはそのことではありません。その選考会で、ある委員が、その作品について話しているうちに、思わず涙ぐんで、しゃべれなくなってしまいました。それもまたほんとうに珍しいことです。でも、今日しゃべりたいのはそのことでもありません。

選考会が終わると、さっきの委員が、ぽつりとこういいました。「ねえ、もうビールくらい、いいんじゃない」と。そう、去年の三月ごろからずっと、たとえば選考会のときでも、たとえば対談のときでも、会うのはオンライン。そうでなくても、終われば、即解散だったのです。

それまでは、終わると、たいてい食事が用意されているか、そうでなくても、まだ話し足りなくて、ちょっとお酒を飲みに行ったりしていたのでした。それから、選考会の控室で、ぼくたちはちょっとビールを飲みました。そして、その後、選考委員と受賞者と担当編集者数人が連れ立って、近くの、小さな飲み屋に行きました。もちろん、そこも感染対策はしてありましたが。そして、乾杯。誰かが小さい声でいいました。

「そうだ、最初に乾杯っていうんだ。他人とお酒を飲むって、どんな感じだかすっかり忘れていたよ」

それから、ぼくたちは、二年ほど前は当たり前だったように話しました。受賞作の話、小説の話、デビューしたころどんなふうに思っていたか、とか。そこでは、何十年も書いてきた作家も、そして、受賞したばかりの若い作家も、区別はありません。そう、みんな学生のころのように、ただ小説が好きな若者だったころのように話したのです。そうだった。いつも、そんなふうに、あのころに戻ることができたんだ。そんな日常にまた戻ってきたんだ。そんなことを、ぼくは考えていました。

しばらくの間、ぼくたちは、たくさんの、小さな日常を失っていました。いま、そんな日常が戻りつつあります。でも、もしかしたら、その中には、戻らないものもあるのかもしれません。そして、あまりにひっそりとしたものだったので、失ってしまったことさえ気づかないものもあるのかもしれませんね。

それでは、夜開く学校、「飛ぶ教室」、始めましょう。

2021年11月19日

さよなら、寂聴さん

こんばんは。作家の高橋源一郎です。

つい先日、作家の瀬戸内寂聴さんが亡くなられました。九十九歳でした。お正月の「飛ぶ教室」、特番でお話ししたのが最後になりました。みなさんもお聴きになったと思います。あんなふうに自由な境地になれるといいなと、話しながら思ったことを覚えています。

結婚は戦前。女性が生きにくかった時代に小説家を志しました。それから七十年以上、ひたすら書きつづけてこられました。人気作家になってからも、おそらくは人気作家であるが故に、また女性作家であるが故に、文壇の目は厳しく、無視され、長く賞とは無縁の存在でした。ただ読者の熱い支持で作家でありつづけたのです。寂聴さんとの最初の縁は、ぼくが大学二年のころ。付き合うようになった彼女から、「高橋くん、これを読むといいよ」といって手渡された、伝記小説『美は乱調にあり』でした。

アナキスト・大杉栄とそのパートナー伊藤野枝の激動の日々を描いたその作品を読んで、ぼくは強く心を動かされましたが、もしかしたら、彼女は、自分たちの関係も、大杉と伊藤野枝のように自由で豊かなものでありたいと思って、その本を手渡してくれたのかもしれません。それから十年ほどたって、ぼくはある賞に応募しました。けれど落選。選考委員たちからは酷評の嵐で「残り少ない人生の時間をこんな小説を読んで浪費した」とまでいわれました。そんな中、選考委員でただひとり、寂聴さんだけが支持してくださったのです。そして、寂聴さんは、ぼくへの酷評を、まるで自分が責められているようで辛かったと書いてくださったのでした。もしかしたら、かつて、文壇から干されたことのあるご自分と重ね合わせていらしたのかもしれません。次に書いた作品でぼくはデビュー、生まれて初めて出す本の帯を書いてくださったのも寂聴さんでした。

ラジオをお聴きになったリスナーのみなさんは、おわかりになったことと思います。寂聴さんは、誰より、なによりも、書くことが人好きな方でした。小さなからだを机の前で折り畳み、書いて、書いて、書いて、つらいと思っても、いつの間にか、また書いていた。ラジオで聴いた最後のお話も、次に書きたいものについてでした。

『美は乱調にあり』を教えてくれた彼女にいつか会わせてね、といわれていたのに、果たせませんでした。ごめんなさい。ぼくも、最後まで書きつづけます。寂聴さんのように。長い間、ありがとうございました。さようなら、寂聴さん。

それでは、夜開く学校、「飛ぶ教室」、始めましょう。

2021年11月26日

もう一度行きたい場所

こんばんは。作家の高橋源一郎です。

先週は、亡くなられた瀬戸内寂聴をさんを偲んで、晩年の小説『場所』を読みました。『場所』で、寂聴さんは、それまでに過ごした場所を、数十年ぶりに訪ねます。そこはどれも、寂聴さんにとって、もう一度行きたい場所だったのだと思います。あの小説を読んでから、ぼくにとって、もう一度行きたい場所はどこだろうと思うようになりました。

楽しい場所、懐かしい場所は、たくさんあります。大好きだった誰かと初めて出会ったところ、二度とできないような、心ゆるがす経験をしたところ。けれども、心の底から、もう一度行きたいと思う場所は、その、どれでもないような気がするのです。

ずっと遠くの曲がり角をじっと見ている。なかなか、それはやって来ない。不安になる。やがて、角を曲がって、バスが姿を現す。そのときの深い安堵の気持ち。小学校一年のとき、ぼ

くは、バスで学校に通っていました。帰りのバスを、はやく来ないかなあとそれだけを思って、不安な気持ちで待っていたあのころ。その小さなバス停。

公園で夢中になって遊んでいました。気がつくと、急速に日が暮れてきた。一緒に遊んでいた子どもたちは、慌てて帰ってゆく。気がつくと、ぼくはひとり。ああ、家に帰らなきゃ。どうしよう。子どものぼくは走って帰ります。周りはどんどん暗くなって、走っている場所もわからない。いまいる場所がどこなのかも。泣きそうになると、家の灯が見えた。ああ、家があった！　そのとき感じた深い喜び。遠くから見えた、小さな家。

家の近くに広がる原っぱを、三歳か四歳のぼくが、ひとりで走っている。白い花をつけた無数のヒメジョオンの中を、竹の棒を持って、花々をなぎ倒しながら。前へ前へ。沸き上がる衝動のまま、走り、息が苦しくなって、花々の真中で倒れる。そして、仰向けに転がって、空を見た。深く、高く、蒼く広がっている空に白い雲が浮かんでいました。それを、ぼくは、ただぼんやりと見つめていた。あの原っぱ。

ぼくがもう一度行きたい場所は、記憶の中にしかないのかもしれません。そして、ぼくが行きたいその場所は、まだ無邪気で、ただ目の前の世界を、溢れるような好奇心でながめるしかなかった幼いぼくがいたところなのでした。みなさんにとって、もう一度行きたい場所は、どこですか。
それでは、夜開く学校、「飛ぶ教室」、始めましょう。

2021年12月3日

いつもの道を逆向きに歩く

こんばんは。作家の高橋源一郎です。

ぼくは、いま、家から少し離れたところに仕事場を借りて、毎日、通っています。もちろん、徒歩で。海岸を通って大回りしながら、片道を一時間近くかけて歩きます。ときにははやく、ときにはゆっくり、途中でペースを変えながら。それは、健康のためにです。帰りは、別の、もう少し短いコースを歩いて戻ります。全体としては、時計回りに、大きく円を一周する感じです。だから、ぼくの目の前には、もう何年も、同じ風景が行き過ぎてきました。

この間、なんとなく思いたって、いつもとは逆の方向を歩いてみることにしました。反時計回りに一周です。実は一度もそうしたことがなかったのです。

歩きはじめて、最初のうちはおもしろかった。ああちょっと見たことがない風景だな、と新鮮な気がして。ところが、しばらく歩くと、だんだん不安になってきました。えっ？　ここは、

どこ？　もしかして道を間違えた？　そう思ったのです。それは、まったく見たことがない風景のような気がしたからです。そこで、道の真中で体を反転してみました。すると、どうでしょう。いつもと同じ風景が広がっています。また、反転。すると、見たことのない風景。びっくりしました。いつもと同じ木、いつもと同じ家、いつもと同じ公園を見ているのに、角度や方向がちがうと、見知らぬものに見えたのです。まるで魔法にかかったようでした。

まったく同じものなのに、少し角度を変えただけで、見知らぬものに変身する。もちろん、向こうが勝手に変身したわけではありません。結局、ぼくはもう何年も、その景色をきちんと見てはいなかった。ただいつもの風景だなと確認していただけだったのです。そう思うと、ちょっとおそろしくなりました。自分のいちばん近い誰か。その人のことを知っている、と思いこんでいないだろうか。いつもと同じ道を歩いて、その人を見ているだけで、ほんとうはなにも見ていない、なにも知らないのではないだろうか。いや、人だけではなく、ぼくたちは、目の前にあるものを、ほんとうにきちんと、どの方向からも見たことがあるのだろうか。いや、他の人たちにとってのぼくたちもまた。そんなことを考えたのでした。みなさんは、ふだん、どんな道を歩いていますか？　ときに逆向きに歩いてみるのもいいかもしれませんね。

それでは、夜開く学校、「飛ぶ教室」、始めましょう。

2021年12月10日

許してはならないこと

こんばんは。作家の高橋源一郎です。

この間、話題のドラマシリーズで、世界的に大ヒットしている『イカゲーム』を観ました。これはヒットするのも無理はないと思うほどおもしろかった。でも、観終わって、なんともいえない気持ちになったのでした。

主人公の中年男性、ソン・ギフンは、長く勤めた会社をクビになってから、細々と行商で暮らす母のやっかいになりながら、仕事をすることもなくギャンブル三昧。最低の男です。そのせいで、妻とは離婚。最愛の娘の誕生日のプレゼントすらろくなものが送れず、「来年の誕生日にはきちんとプレゼントするから」というのです。しかし、妻は再婚した男性とアメリカへ行ってしまうことがわかります。そんなギフンの前に、謎の男性が現れ、大金を賭けたゲームに誘います。やがて、ギフンは、意を決してそのゲームに参加します。そこにいたのは、ギフ

ンと同じように、なにもかも失い一攫千金を夢見るしかなくなった男女四百五十六名。そして、彼らの目の前に現れるのは、負ければ死が待っている、絶望の「デスゲーム」だったのです。

やらなければ死ぬ。やって相手を倒して、相手を死に至らしめなければ自分が死ぬ。そんなゲームをギフンたちはクリアしてゆく。ぼくがなんともいえない気持ちになったのは、そのゲームが、「だるまさんがころんだ」や、砂糖菓子を型通りに抜く「カタヌキ」や、「綱引き」や「ビー玉遊び」だったことでした。

まだ無垢だった子どものころ、純粋な気持ちでいられたころ、時を忘れて遊んだゲーム。それを、生きる希望をなくしたおとなになって、相手を蹴落とし、殺し合うために行うのです。ときに、参加者たちの顔に、複雑な苦悶の表情が浮かぶのは、幼いころの記憶がよみがえるからなのかもしれません。これほど残酷な仕打ちはないだろう。ぼくには、そう思えたのでした。

最終話、生き残ったギフンは、幼なじみのサンウと、彼らが幼いころ、懸命に遊んだ、この作品のタイトルにもなった「イカゲーム」で争います。血みどろの激闘。勝者になったかに見えたギフンは、悲しげに、サンウに呼びかけます。「もうやめよう、こんなことは」。最後にどうなったのかは、よければみなさんでご覧ください。大切なものとはなにか。どうしても失ってはならないものとはなにか。許してはいけないこととはなにか。そんなことを、ぼくは考えていたのでした。
それでは、夜開く学校、「飛ぶ教室」、始めましょう。

2021年12月17日

もうひとりの「私」

こんばんは。作家の高橋源一郎です。

もしかして、あのとき、別の選択をしていたら、別の人生を生きていたのではないだろうか。そう思うことはありませんか。

ぼくの知人は、ときどき、鬱々とした日がつづくと、家族の許可をとって、すべてから切り離された、自由な一日を過ごします。その日は、誰にも連絡せず、誰からの連絡も受けません。携帯の電源はずっと切ったまま。朝、小さなトランクに身の周りのものを詰めて出発。着替え、読みたかった本、パスポート、へそくりをためた貯金通帳、等々です。そして、何時間か列車で、ときには飛行機に乗って出かけます。家からずっと離れた、自分のことを知っている人間が誰もいない町に出かけ、偽名でホテルにチェックイン。そして、ずっとホテルの部屋で過ごします。いろんなことを空想しながら。

もし、このままパスポートを持って海外に行ってしまったら。誰にも知られないまま失踪してしまったら。そして旅先で、知らない誰かと恋に落ちたら。いや、十年前のあのとき、付き合っていたあの人と結婚していたら。そういえば、あの人は、どうしているだろう。連絡先はいまでも持っているのだが。二十年前のあのとき、会社に入らず、親にも黙っていた自分の好きな道に進んでいたら。そして、もうひとつの別の道に進んだ自分のことを空想してみる。そうやって一日を過ごし、翌日、家族の待つ家に帰るのだそうです。そのときにはもうすっきりした気持ちで、家族のもとに帰るのが楽しみで仕方がない。彼は、そういっていました。

もうひとり、これは、別の知人の妻のお話。その女性と結婚するとき、彼女は、知人にこんな条件を出しました。一年に一度、完全に自由な一日をください。その条件を受け入れて、ふたりは結婚。それから十年、子どもが生まれてからも、その習慣はつづいているそうです。朝、お化粧をして、素敵な服を着て、彼女は出かけます。「行ってきます」とニッコリ笑って。どこに行くのか、なにをするのか、教えてくれませんし、訊いてもいけないのです。やがて、深夜、彼女は帰宅する。そのたびに、彼は、この人は、これほど美しかったのかと思うのだそうです。いったい、彼女は、どこでなにをしているのでしょうね。

それでは、夜開く学校、「飛ぶ教室」、始めましょう。

2021年12月24日

クリスマス・イヴの思い出

こんばんは。作家の高橋源一郎です。

今夜はクリスマス・イヴ。プレゼントの手配はお済みでしょうか。それとも、そんな習慣はもうなくなったお宅もあるのでしょうか。以前、クリスマスに、ラジオでサンタクロースのお話はしないようにといわれたことがあります。子どもが聴いて夢が壊れるといけないからだと。でも、これはおとなの番組だからかまいませんよね。よい子のみなさんもたぶん気づいているでしょうし。

うんと小さいころ、ぼくの家でも、小さなクリスマスツリーの下に、プレゼントが置かれていました。昭和三十年代の初め、両親は、他の家の親たちよりモダンで進んだ考えの持ち主でした。けれど、父が経営した工場が破産して夜逃げ、その後サンタクロースは来なくなりました。その理由は、子どものぼくにもうわかったのです。あれは小学校二年のころだったでしょうか。

我が家でも、しばらく、リヴィンググルームに、イルミネーションが輝くクリスマスツリーを飾り、その下に、赤いリボンで結んだプレゼントを置くことにしていました。イヴの夜には、「今年はサンタさん、来るかなあ」と心配する子どもたちに「どうかなあ。いい子だったから、来るんじゃないかな」といったのでした。それから、子どもたちが寝静まると、そっとプレゼントを置く時間です。やがて、イヴが明け、クリスマス当日。目が覚めると、いつも子どもたちはダッシュでリヴィングに走ってゆき、いつも歓声をあげたのでした。「わあい、今年もサンタさんが来た！」といって。もちろん、いまでは、そんなことはありません。もっとドライに直接、プレゼントを渡します。

いまから十年ほど前、子ども二人を連れて、『仮面ライダー』を撮影しているスタジオに行ったことがあります。子どもたちは、仮面ライダーの熱狂的なファンだったのです。見学の途中で、撮影が終わったばかりのライダーが現れ、気さくに握手してくれました。長男は大喜びでハイタッチ。ところが、次男は、いきなり号泣。「家へ帰る」と泣きじゃくりました。テレビの画面の中にいたヒーローが、いきなり目の前に現れ、ショックを受け、混乱してしまったのです。保育園児だった次男にとって、夢と現実の境界は、まだ淡いものだったのでしょう。

そう、次男はまだ、あのころ、サンタクロースも信じていたのでした。みなさんにとって、今夜が素敵なクリスマス・イヴでありますように。とりわけ、サンタクロースを信じる子どもたちにとって。

それでは、夜開く学校、「飛ぶ教室」、始めましょう。

2022年1月1日
お正月のラジオ

明けまして、おめでとうございます。作家の高橋源一郎です。

二〇二〇年四月に始まった「高橋源一郎の飛ぶ教室」、二度目のお正月を迎えます。いつも聴いていただいているリスナーのみなさんには、深く感謝しています。

いまから四十年以上前、一九七九年のお正月の夜のことでした。そのころ、ぼくは、二十歳のころから始めた肉体労働をつづけていました。たったひとりで、横浜の、日の差さない、家賃一万円の六畳一間のアパートに住んで、未来も希望もない生活をしていました。かつて目指した作家への道も忘れ、書くことはもちろん、長い間、本を読むこともなく、作業現場とアパートを往復するだけの日。そして、安い焼酎を飲んで眠り、また朝になって出かける。そんな日々が何年もつづいていたのです。実家はもちろん、ただひとりの友人を除けば、誰とも連絡をとることもなく、ひとりで静かに、なにも考えず、ただ働くだけの日でした。その日は、お正月だから仕事もなく、ぼんやりお酒を飲んで、もちろん誰かと会う予定もなく、一日を過ごしました。そして、ひとりでコップをあげて、自分に向かっていったのです。

「ハッピー・バースデイ！」

気がつけば、夜は更け、寒くなった部屋で、こたつに入ったまま、ぼくはすっかり眠っていたようでした。電気をつけ、コップに焼酎をつぎ、ぼくはラジオをつけました。かかっていたのは、「松山千春のオールナイトニッポン　新春スペシャル」。ゲストは、さだまさしと中島みゆき。三人は、とても楽しそうに話をしていました。日常、歌を歌うこと、作ること、未来、生活、夢。ぼくは一九五一年一月一日生まれ。さだまさし、五二年四月生まれ、中島みゆき、五二年二月生まれ、松山千春、五五年十二月生まれ。

ぼくとほとんど歳の変わらない彼らがいまいる輝かしい場所。その夜、ラジオを聴きながら、自分が感じていたことを正確に思い出すことは不可能です。けれども、ラジオを聴き終わったとき、自分に立てた誓いはよく覚えています。ぼくは、こう誓ったのでした。夜が明けたら、原稿用紙を買いに行こう。そして、その場で小説を書き始めよう。そして、そこから一日でも書かない日があったら、永遠に小説を書くことをやめよう、と。そして、あの日からずっと、ぼくは、小説を書いています。いまぼくが、ここにいるのは、あの日、ラジオから流れていた彼らの声のおかげだったのです。
それでは、夜開く学校、「飛ぶ教室」、始めましょう。

2022年1月7日

彼ら自身の物語

こんばんは。作家の高橋源一郎です。

みなさんは、お正月を、どんなふうに過ごされたでしょうか。かつては、多くの家で、親戚たちと共に、実家というものに集まって、お正月を迎えたものでした。ぼくも、小さなころはずっと、大阪府豊中市にある父の実家に行くのが習慣でした。そこで、叔母の作ったお節を食べ、集まった親戚たちからお年玉をもらい、お正月らしい遊びをする。それが、いつもの習わしでした。けれども、ぼくは、父の実家が苦手でした。実家が、というより、そこで祖母や叔母たちがする昔話が、です。彼らは、いつも同じ話を、戦争で苦労した彼らのエピソードを、繰り返し、まるで初めてする話のようにするのでした。あるいは、ぼくが生まれたときの、いくつものエピソードを、そして、また初めて気がついたかのように、「大きくなった」といっておどろくのでした。どうして、同じ話ばかり繰り返すのだろう。なんて退屈な人たちなんだろう。彼らの話をまったく理解できなかった幼いぼくは、だから、その話が始まると、耳を閉じるか、さっさとその場を離れることにしていたのです。そして、時がたち、彼らは次々に亡くなって、なにより父も母も亡くなり、その実家もまた解体され、そのことすら忘れたころ、ぼくは、突然気がついたのでした。

人は誰でも、ひとつだけ物語を持っています。自分自身が主人公の、人生というたったひとつの物語を。彼らが語っていたのは、そんな彼ら自身の、ひとつだけの物語でした。思えば、彼ら自身の他には、その物語を書いてくれる者も、語ってくれる者もいないのです。あのとき、どうしてぼくは聞いてあげようとしなかったのだろう。彼らの物語の中には、必須の登場人物として、いまのぼくの記憶からこぼれ落ちた、幼いぼくも登場していたというのに。その、彼らの物語の中で、ぼくは、あんなにも可愛がられ、愛されていたというのに、愚かにも、ぼくには、彼らのする話がすべて無駄で、無意味に思えたのです。

いま、ぼくは、作家として、小説という物語を紡ぎながら、こんなことをよく考えます。そこに登場する人たちひとりひとりに、とうに亡くなってしまった彼らのように愛情を注げただろうか、誰も他に聞く者などいなくても、なおも書きつづけただろうか、そう思うのでした。

それでは、夜開く学校、「飛ぶ教室」、始めましょう。

2022年1月14日

叔母の味

こんばんは。作家の高橋源一郎です。

もうお正月も終わり、日常生活が戻ってきました。みなさん、お節はとっくに食べ終わりましたか。子どものころ、ぼくの家では、母がお節を作っていたのか、よく覚えていません。父の実家に行って、叔母が作ったお節を食べるのが、お正月の習慣でした。

そもそも、ぼくは、いわゆる「母の味」をよく知りません。いま考えれば、お嬢様育ちだった母は、料理があまり得意ではありませんでした。途中から、外に出て働くようになったせいもあって、仮に台所に立つとしても、できるだけ品数は少なく、出来合いの惣菜ですませる。それが、ぼくたち子どもにとって、当たり前だったのです。だから、父の実家で食べる、叔母の作る料理の味こそ思い出に残る味、「母の味」ならぬ「叔母の味」でした。

八人きょうだいのいちばん下に生まれた叔母は、結婚して一日で、実家に戻されました。そして、それからはずっと、頑固な祖母を筆頭に、一族の面々の食事を作り、家事をすることに生涯を費やしました。どちらかというと不器用で、そもそも味覚に優れているわけではない叔母の料理は、美味しいとはいえませんでした。けれども、他に、誰も作ってくれる者などいなかったので、叔母はひたすら台所で料理を作りつづけることになったのです。ひとりひとり親族を看取った後、最後に残った姉を看取ると、叔母は実家でひとりになり、やがて、心筋梗塞で倒れました。病院に行くと、たくさんの管に繋がれた叔母は、ぼくを見るなり、「あんた痩せてるなあ、ちゃんと食べてる？　元気やったら、あたしが作ってあげるのに」といったのです。

子どものいなかった叔母が、いちばん可愛がってくれたのが、甥っ子のぼくでした。結婚に失敗して実家に戻ったころに生まれたぼくは、叔母にとって、子どものような存在だったのかもしれません。退院した叔母は、すぐに二度目の発作を起こし、亡くなりました。そのときには、彼女のために通夜や葬式に出す料理を作る者はいなかったのです。

人生の最後の日になにを食べたいか。いままで食べた美味しい料理を思い浮かべる。でも、そのどれでもない。そんな気がします。ぼくがいちばん食べたいのは、叔母が作ってくれた、やたらと味の濃いイモの煮付けや、甘すぎるぜんざいや、具材を節約するため小麦粉を入れすぎて異様に粘っこくなったカレーなのかもしれません。人生の最後の日に、みなさんは、なにを食べたいですか？

それでは、夜開く学校、「飛ぶ教室」、始めましょう。

2022年1月21日

読む前の本

こんばんは。作家の高橋源一郎です。

ぼくが中学・高校のころ、周りにいたのは、早熟な文学好きの友人でした。というか、ぼくが周りにいた、というのが正確だったと思います。当時の進学校では、よく見られる風景でした。もしかしたら、いまでもそうなのかもしれません。彼らは、世界の最先端の作品を、あらゆるジャンルから探しだしてきて、読み、それについて飽きずに話したのです。詩、小説、評論、哲学、エトセトラ。ときには、ぼくも、それを読んでみました。まったくわからない。けれども、わかったふりをして彼らと話をする。いかにも頭デッカチの中高生らしいふるまいでした。でも、なにより、それが楽しかったのです。

行きつけの古本屋に、埴谷雄高という作家の『死霊』という未完成の長篇小説の第一部が飾ってありました。なんでも噂では、ドストエフスキーの影響を深く受けた、日本の小説としては前人未到の深さと難解さを持つ、途方もない作品なのでした。ぼくたちは、その古本屋の前によくたたずんで、まず値段がとんでもなく高いのにおどろき、でも、それほどの価値があるのだと思い、手に入る、彼の他の作品の話をしながら、いつか読むであろう『死霊』について、飽きずに話したのでした。読んでいないからこそ、いくらでも話すことができたのです。

高校の終わりごろ、ある雑誌で、ジェイムズ・ジョイスの『フィネガンズ・ウェイク』という長篇小説の翻訳の連載が始まりました。『フィネガン』は、二十世紀最大の作家の最後の作品で、これより複雑で難解な小説はこの世に存在しないといわれていました。そして、それは文学を愛する者なら誰もが読むべき作品だったのです。連載第一回目、その頁を開いてみると、一頁に翻訳文は三行ほど、それ以外はぜんぶ膨大な注釈というものでした。それでもぼくたちは、心を躍らせて、その数行を読んでいったのです。

実際に、ぼくが『死霊』を読み、『フィネガン』を読むのは、そのずっと後のことになります。確かに、どちらも素晴らしかった。難しかったけれど。けれども、「なんだかちがう」と思ったのでした。ぼくが読もうと思った本は、それではなかったのです。

本は、ただの物質です。だから、それを読まなければ、なにも始まりません。けれども、もしかしたら、「読む前の本」だってあるのかもしれません。実際に読むのではなく、いまは読めないけれど、いつか読む本、いつまでも憧れのままの本、読まないまま、それについて思いをめぐらせる本が。いや、それは、本だけではないのかもしれませんが。

それでは、夜開く学校、「飛ぶ教室」、始めましょう。

入学試験

2022年1月28日

こんばんは。作家の高橋源一郎です。

大学入学共通テストの問題が試験中に流出した事件で、受験生の十九歳の女性が警察に出頭しました。いったん大学に入学した後、もっといい大学に入りたいという思いで受験しようとしたのです。ぼくは、このニュースを、とても複雑な気持ちで聞きました。

ぼくは三度、受験をしています。一度目は、私立の名門中学を受験しました。受験当日の朝、緊張のあまり、生まれて初めて体中に蕁麻疹《じんましん》が出ました。結果は不合格。ひどく落胆しましたが、気持ちを切り換えて、公立の中学に進学しようと決めました。それから、しばらくして補欠合格の連絡がありました。喜びととまどいの入り交じった不思議な気持ちでした。大学受験は国立一期校。当時は、国立大学に一期と二期の区別があり、どちらも受験することができました。合格するつもりだったのに不合格。落胆というより衝撃でした。実はいちばん簡単な数学の問題が、ひどい勘ちがいで零点だったのです。急遽、国立二期校を受けました。当日、かつてないほど歯が痛みだし、一問解いては呻きながら、歯をおさえ、また一問解いては、歯をおさえていました。これはもうダメだと思ったら、合格していました。後で聞けば、激痛で試験時間の四分の一は歯をおさえて机に突っ伏していた数学の点が一番よかったそうです。そして、入学。けれども、学生運動に参加するようになり、八年在籍して、満期退学。あのとき、合格ではなく不合格だったら。不合格ではなく合格だったら。ぼくの人生はまったくちがったものになっていたでしょう。でも、それが、どんな人生なのかはわからないのです。

人生が変わるかもしれない。いや、変わると思うから、目の前の受験が巨大に見えてくる。おそろしいでしょう。悪魔に魂を売ってでも合格したいとさえ思うでしょう。

ぼくは、大学教員として、入試問題の作成もしてきました。だから、不正をする受験生を責める気にはなれません。不正などできず、その受験生の力を判断できるような問題は作れるからです。ただ、あまりに手間がかかるため、現実には不可能なだけです。それは、受験生の問題ではなく、大学の側、受け入れる側の問題なのだと思います。

今回、不正をした受験生は、なんらかのペナルティーを受けることになるでしょう。けれども、絶望することなく、もう一度前向きに生きていってほしいと思います。人生には、いくつも分岐点があって、どれが正しかったのかは、永遠にわからないのですから。
それでは、夜開く学校、「飛ぶ教室」、始めましょう。

面従腹背

2022年2月18日

こんばんは。作家の高橋源一郎です。

およそ一か月ぶりの生放送です。番組がお休みの間、みなさんはどんなふうに過ごしていらっしゃいましたか。冬のオリンピックがあり、その中で事件がいくつもあり、少しずつ不安が増して、ついに本格的な戦争が始まりました。遠い国のぼくたちにできることはほとんどありません。重い気持ちを抱えて、ぼくもニュースを聞いています。そして、いろいろなことを考えます。たとえば、戦火にさらされるウクライナの人たちは、どんな思いなのだろうか、と。かつて、ぼくの両親や祖父母も同じような経験をしたのです。そして、攻めこむ側の国の人たちは、どう思っているのだろうか、とも。

ロシアの国内でも「戦争反対」の声が大きくあがっている、というニュースも伝わってきます。そういう声をあげるのは、とても難しく、勇気を必要とすることでしょう。かつて、ぼくたちの国でも同じような経験をした人がいたのです。

国をあげて戦争に邁進していたころ、この国で、反対の声をあげることはほとんど不可能でした。想像を絶するような、国や社会からの圧力があったからです。だから、ほとんどの作家は、戦争に賛意を表するか、沈黙を守るか、そのどちらかを選ぶしか術はありませんでした。けれども、その中に、ほとんどただひとり、きわめて巧妙なやり方で、自分の意見を作品の中に書きこんだ作家がいました。太宰治です。

短篇「十二月八日」は、太平洋戦争が始まったその日の出来事を作家の妻の視点で描いた日記形式の作品です。戦争が始まり、興奮する庶民の姿を描いたその作品を、戦争を賛美した作品と考える人たちもいます。しかし、よく読むと、彼は、あちこちに、その本心を秘密のサインのようにばらまいているように思えるのです。「もう百年ほど経つ」たころ、この日記がどこかの土蔵で発見されたら、と主人公は考え、こう呟きます。「すこしは歴史の参考になるかも知れない。だから文章はたいへん下手でも、嘘だけは書かないやうに気を附ける事だ。なにせ紀元二千七百年を考慮にいれて書かなければならぬのだから、たいへんだ」と。目の前の読者ではなく百年後の読者のために、「嘘」ではないことを、太宰治は書こうとしました。戦争開始に浮かれさわぐ庶民の姿を冷静に見つめ、それを正確に記そうと努めたのです。百年後の視線に耐えられるように。
それでは、夜開く学校、「飛ぶ教室」、始めましょう。

2022年2月25日

犀のようにただひとり歩め

こんばんは。作家の高橋源一郎です。

入ってくるニュースは、どれも戦争に関係したことばかり。いろんな人たちがあらゆるところで、いろんな意見をいっています。なんだか、ぼくたちも、なにかをしなきゃならない、なにかをいわなきゃならない。そんなふうに追い立てられているような気がします。みなさんは、いかがでしょう。ところで、ぼくの好きな、お釈迦様のことばに、こういうものがあります。

「犀《さい》のようにただひとり歩め」

このことばにはどんな意味があるのだろう、とよく考えます。犀は群れない動物で、ひとりで生きるのだそうです。性質は鈍重で、視力も弱い。けれども、嗅覚と聴覚に優れ、自分の鼻先の一本の角をまるで目印のようにして、周りの世界を確かめながら、ゆっくり、ただひとりで前へ進んでゆくのです。

東日本大震災で原発が壊れたころ、ぼくは、ある新聞で論壇時評を書いていました。そして、原発についての情報と白熱した議論が、ものすごい勢いで溢れだしていました。そのことについて書こうとしたとき、ぼくは、自分に、なにかをいうだけの知識が欠けていることに気づきました。だから、ゆっくりやろう、とぼくは自分にいい聞かせたのです。最初にやったのは苦手な物理の高校時代の教科書を読むことでした。それから、原子力の基礎知識、原子炉工学の教科書を初級からステップを踏んで読み、原子力学会の学会誌を読んで意味がわかるようになったのはその年の終わりでした。けれども、そのころには、もう原発や原子力問題について書く必要がなくなっていたのです。それでもよかった、とぼくは思いました。納得がいくところまで犀のようにゆっくりとただひとりで歩いていくことができたのだから。

いま、ぼくは、ウクライナの作家の作品をずっと読んでいます。ウクライナ語からロシア語に訳されたものをさらに翻訳ソフトをかけて、ということもあります。そして、ウクライナと縁の深い、たくさんのロシアの作家の作品も。すると、少しずつ、その国に住む人たちの顔やことばづかいがわかってくるような気がするのです。それがなんの役に立つのかという考えもあるでしょう。もちろん、なにかをすぐにしなければならないこともあります。ぼくは「見る前に跳べ」ということばも大好きです。けれども、「犀のようにただひとり歩む」ことを忘れたくないとも、強く思うのです。
それでは、夜開く学校、「飛ぶ教室」、始めましょう。

2022年3月4日

*この日、「はじまりのことば」はありませんでした。

2022年3月11日

日付のない記憶

こんばんは。作家の高橋源一郎です。

今日は、二〇二二年三月十一日。東日本大震災から十一年たちました。あの日、みなさんは、なにをしていらっしゃいましたか。あの日の記憶は、いまもぼくの中に鮮明に残っています。

去年も、このマイクの前でしゃべったように、とても寒い日でした。それは、長男が保育園を卒園する日だったのです。朝からうきうきしていた長男、一張羅を着た長男。そして、卒園式。他の子どもたちと同じように、ひとりずつ、園長から卒園証書を受けとると、彼は、マイクの前に立って、両親への感謝の挨拶をしました。そして、ぼくと妻は彼を迎えに行き、手をつないで、一緒にそこから立ち去ってゆく。生まれてからその日までの彼の記憶を反芻しながら、ぼくは、目もくらむような気持ちで保育園を出てゆきました。午前中に、いったん家に戻り、午後からの謝恩会を前にして、ぼんやりとしていたときです。揺れはじめたのです。その揺れは、徐々に大きくなって、かつて経験したことのないものになってゆきました。その瞬間、「この日」だったのか、と思ったこともよく覚えています。それから、繰り返し、マンションの内庭に逃げたこと。それでも、謝恩会に出ようとして、保育園の父兄の誰とも連絡がつかなかったこと。少し離れた大通りには、徒歩で帰る人びとの波ができていたこと。夜になって、子どもたちを寝かしつけようとしても、興奮した彼らがいつまでも寝なかったこと。彼らを寝かしつけるために、卒園式で歌った『LET'S GO! いいことあるさ』を、一緒に、いつまでも歌っていたこと。

「さあ元気よく／きみも 声だして／今日の 一日を／いっしょに 始めよう……みんな ふれあって／そして 助けあって／人の 悲しみを／わかって あげられれば……レッツゴー! とびだそう レッツゴー! 勇気だして／レッツゴー! 今度こそ／レッツゴー! いいことあるさ」

けれども今日、いいたいのは、実はそのことではありません。忘れることができない「日付のある記憶」があります。「三月十一日」のように。けれども、その前日、三月十日に、なにがあったのかはまるで覚えていないのです。きっと、なにげない、穏やかないつもの暮らしがあっただけだったのでしょう。そんな日々の積み重ねを、ぼくたちは「日常」と呼んでいます。そして、その、日付のない日常の、ほんとうの大切さは、突然「日付のある記憶」がやって来るまで、わからないのかもしれませんね。
それでは、夜開く学校、「飛ぶ教室」、始めましょう。

2022年3月18日

卒業

こんばんは。作家の高橋源一郎です。

つい先日、仕事場の前にある保育園で卒園式がありました。いつもの制服姿とはちがって、おめかしした子どもたちが、はにかみながら集まって、それでも集まると、可愛い格好のままで遊んでいました。和服を着た若い女の子たちの集団も、よく見かけます。いま、卒業式の季節なのですね。

幼稚園の卒園式のことはまるで覚えていません。写真は残っているけれど、そこに写っている子どもは自分とは思えません。小学校の卒業式もほとんど記憶にありません。みんな並んで、小学生時代の思い出をしゃべるパフォーマンス。ぼくのセリフは「たのしかった運動会」でした。ただセリフをしゃべったという思い出だけです。中学・高校は受験の名門の一貫校でした。受験がすべての学校で、教師も生徒も、思い入れは皆無でした。やはり、なんの思い出もありません。大学は卒業していないので、そもそも卒業式はありませんでした。だから、ぼくは、ときどき、自分は卒業したことがあったのだろうか、と思うのです。

ほぼ十年のブランクの後、作家になろうと志し、一日でも書かない日があったら、そのときにはもう生涯、なにも書くまいと心を決めて、ぼくは毎日、小説を書くようになりました。それはしゃべったことがあります。それから、肉体労働をつづけながら、とりつかれたように書きつづけ、ある賞の優秀作として掲載が決まったと連絡を受けたのは、書きはじめてから二年が過ぎたころでした。

電話を受け、しばらく呆然としていました。作家になれるんだ。今日から、作家として生きていってもいいのだ。そう思ったことを覚えています。家賃一万円の、まったく日の差さない六畳一間のアパートで、ちゃぶ台の上に缶ビールを置き、それからプルトップを引き上げて、ひとりで乾杯しました。机の上には、書きかけの原稿用紙が載っていました。その机に向かって、誰も読まないかもしれない小説を書いていた自分に向かって、ぼくは乾杯したのです。今日は、今日だけは、なにも書かなくていいよ。ぼくは自分にいい聞かせました。二年間で初めてなにも書かない日でした。もしかしたら、それがぼくの卒業式だったのでしょうか。だとするなら、卒業するためには、なにかを始める必要があるのかもしれませんね。

それでは、夜開く学校、「飛ぶ教室」、始めましょう。

終わりのことば

このあとにおさめられているのは、特別なことばです。

「高橋源一郎の飛ぶ教室」が始まる前、二〇一二年四月二日から二〇二〇年三月一三日まで、NHKラジオ第一で「すっぴん！」という番組が放送されていました。毎週月曜日から金曜日まで、朝八時三〇分から一一時五〇分までの二〇〇分です。ぼくは、その八年の間、金曜日を担当するパーソナリティーでした。

八年間つづいた「すっぴん！」が終了する直前、番組の創設メンバーで、ぼくの担当でもあったNHKのディレクター、山田隆志さんが、事故で亡くなりました。山田さんは、外国語大学のスペイン語科出身で、文学を深く愛する人でした。ぼくが担当する金曜日に「文学」の色合いが濃かったのも、山田さんがいたからだったと思います。山田さんは、一度番組を離れ、地方に異動した後、強く希望してまた番組に戻ってきたのです。けれども、最後には、かねてからの夢を実現するため、かつてさまよった南米を旅して、新しい人生を踏み出そうとＮＨＫをやめる決断を下しました。山田さんが亡くなったのは、会社をやめることが決まり、残した荷物を取りに来る直前のことでした。

三月一三日は、ぼくの担当の曜日の最終回であると同時に、番組そのものの最終回になりました。その日のためにぼくが書き下ろした作品が、「さよならラジオ」です。ぼくは番組の最後に、この「さよならラジオ」を朗読しました。「さよならラジオ」は、音楽が流れるシーンで終わっていますが、実際の放送では、そこに、ＲＣサクセションの『トランジスタラジオ』が流れました。文中の「あやこねえさん」は、一週間ずっと番組を担当していた藤井綾子アナウンサーから、また、「たかしくん」は、山田隆志さんから、それぞれ名前を借りています。

〔特別付録〕

さよならラジオ

それは、小さくて古い、見たことのない、箱のようなものだった。

「おばあちゃん、これ、なに？」

ぼくがそういうと、さっきまで寝ていたはずのおばあちゃんが、呟くようにこういった。

「それはね、ラジオっていうの」

「ラジオ？」

それは、おばあちゃんが寝ているベッドとかいうものの横にある、生まれて初めて見る木でできた小さなテーブルの上にあった。その、箱の形をして、金属のような、古い……いや、学校で習った、プラスチックのようなものでできた箱を珍しそうに見た。

「ねえ……触っちゃ、ダメだよね」

「いいわよ。でも、大事に、そっとね。作られたのは何十年も前のことだから、すぐに壊れてしまうと思うわ」

「これは、どうやったら動くの？」

「もう、このラジオに繋いで電気を流すコンセントというものもどこにもないし、入れる乾電池というものもどこにもないから、動くことはないのよ」

ぼくは、その、ラジオという、壊れやすい、小さな箱をゆっくりと手にとり、顔のそばに近づけた。

「おばあちゃん。これはなににつかうの?」

「そうね。放送局というものがあって……といっても、おまえにはわからないわよね。その箱からは一日中、放送というものが流れていたの。たくさんの人たちが、いろんなお話をしたり、音楽が流れたり……」

「音楽って……?」

おばあちゃんは、ぼくの顔を見つめていた。なんだかとてもさみしそうだった。

「それを説明してあげられたらいいのだけれどね……」

そうだ。確か、学校で習ったことがある。「音楽」というものは、それに触れた人がみんな、よからぬ考えを持つことになるので禁止されることになったんだ。

おばあちゃんは目をつぶり静かになった。ぼくが、そっとおばあちゃんの手を握ると、おばあちゃんも、ぼくの手を握り返した。でも、その力はとてもとても弱かった。

おばあちゃんは、もう何か月もこの病院にいる。パパやママはみんなと同じように、アバターを送って「お見舞い」をする。実際に病院に行かなくても、まるで行ったみたいだ。ちゃんとおばあちゃんに触っているような感じもするし。でも、ぼくはなんだかイヤだ。そこにいるのは、ぼくが触っているのは、ほんとうのおばあちゃんじゃない。だから、ぼくの家では、ぼくだけが病院にまで行く。

おばあちゃんは変わっている。パパもママもそういう。すごく古い人なんだって。そうなのかな。おばあちゃんは、病院の倉庫にあったベッドというものを持って来てそこに寝ているし、古い家具をいくつも病室に置いている。そうだ！ 忘れてた。おばあちゃんは、若い頃、看護師という仕事について、病人の世話をしていたんだって。昔は、人間が病人の世話をしていたのか。すごいなあ。

おばあちゃんのベッドの横で、ぼくはいつの間にか眠ってしまっていた。ぼくの頭をおばあちゃんが撫でていた。

「学校は？」とおばあちゃんがいった。

「今日は休み」とぼくは答えた。それはウソだった。今日は登校日だった。授業はもちろんリモートでもできるけれど、ときどき、実際に学校に行かなきゃならない。ぼくはそれが苦手だ。ぼくは暗いっていわれる。変なやつだって。古いお話や物語を聞くのが好きだし、おばあちゃんにもらった紙の本も好きだ。学校に持っていったら、破かれてしまった。それを先生にいったら、そんなものを持ってくる方が悪い、といわれたんだ。紙の本は衛生上、問題があるって。でも、このことはいえない。おばあちゃんが悲しむから。

「おばあちゃん」

「なに？」

「この、ラジオって、どうして、おばあちゃんが持ってるの？」

「ラジオをとって」とおばあちゃんはいった。

ぼくは、さっきのように優しくラジオを摑み、おばあちゃんにわたした。おばあちゃんは、胸の上にラジオを置くと、ぼくに、こんな話をしてくれたんだ。

ずっとずっと昔のことだった。あるところに、ぼくのような少年がいた。その少年は、ぼくと同じように内気で、ぼくと同じように暗いところのある、けれども、優しい少年だった。その少年がいちばん好きなのはラジオだった。少年はいつも、その、やっと手に入れたラジオを聴いていた。家でも聴き、外に出るときも持って出た。持って出ることのできるくらい小さなラジオだった。少年は話すことが苦手で、友だちもいなかった。少年のただひとりの友だちがラジオだったんだ。ときには、ラジオに話しかけることもあった。

「元気かい、ラジオ」って。

「今日は、どんな話を聴かせてくれるんだい、ラジオ」って。

「ぼくはなんだかさびしい気分だから、楽しい話がいいな、ラジオ」って。

　ラジオがあればさびしくはなかった。ラジオといれば孤独ではなかった。あの日までは。その日、少年はいつものように、ラジオを持って、自転車で公園に行き、ラジオの話を聴いた。そして、いつものように、家に帰ろうとしたんだ。突然、車が近寄ってきた。そんなことはよくある。そして、少年の自転車に接近すると「トロトロ走るな、バカヤロー」と車の中の男が叫んだ。その瞬間、少年の自転車が倒れた。前の荷台に積んでいたラジオが道に転がり落ちた。倒れた少年に、別の車がラジオに近づいてくるのが見えた。「ラジオ！」少年はそう叫ぶと、ラジオに向かって飛びつきその上におおいかぶさった。だって、たったひとりの友だちだったから。その上を大きな車が過ぎようとし、ブレーキの音が響いた。ラジオは壊れなかった。壊れたのは少年の方だった。

少年は病院に運ばれた。少年の意識が戻ることは二度となかった。少年は病室で眠りつづけたのだ。

少年の両親は、毎日のように少年の病室を訪ねた。そして、ラジオのスイッチを入れ、少年の好きな番組を流した。少年がさびしくないように。医者は両親にいった。意識はないと思います。いくらラジオをかけても聞こえてはいないと思いますよ、と。すると、両親は、そんなことはありません、といった。だって、ラジオを聴いているとき、とても優しい、いい表情になるんですよ。医者は首をふって、病室の外に出た。そう信じるなら、それでいいじゃないか。

そして、時が流れた。少年の両親は年老いて亡くなり、少年の病室を訪ねる者は誰もいなくなった。ラジオのスイッチを入れる者もなく、ただ少年は、こんこんと眠りつづけた。

さらに時が流れた。いつも閉め切ったままだった少年の病室のカーテンが開けられた、明るい光が一杯に差しこんだ。カーテンを開けたのは、若い女の看護師だった。専門の学校を出て、看護師としての最初の勤務先が、この病院で、最初の仕事が、何十年も眠りつづける少年の看護だった。ベッドに眠る少年を見て、その若い看護師は驚いた。なぜなら、そこに寝ていたのは、もう少年ではなく、無精髭を生やした、髪の薄い中年の男だったからだ。

全力でやらなければ、と看護師は、小さな声で呟いた。若者だけが、そんな純粋な気持ちで、あらゆるものに接することができるのだ。その看護師こそ、若き日の、ぼくのおばあちゃんだった。

看護師は、その眠りつづける患者の枕もとに、小さなラジオが置いてあることに気づいた。もう、ラジオを聴く人は少なかったが、看護師はその珍しい例外でもあった。ああ、素敵な古いラジオ！

「あの……」

引き継ぎのために書類を受け取り、説明を受けていた若い看護師は、先輩の看護師にそっと訊ねた。

「ご両親のように、ラジオをかけてさしあげてはいけないでしょうか」

「おかしなことをいう人ね。いいけど、他の病室の邪魔にならないようにね」

先輩はそういった。若い人がまだラジオを聴くなんて、とも思った。あんなものに興味があるのは老人だけだと思っていたのに。

それから、若い看護師は、かつて少年であった患者の耳もとで、毎日、ラジオを小さい音でかけた。その頃には、もう放送局もほとんどなくなっていたから、自分の好きな、古い音楽をかけてくれる局の放送を流した。すると、無表情だった患者に、ほんの少し表情がよみがえってくるように思えた。そのことを医者にいうと、医者は、気のせいだよ、と答えた。きみはなんにもわかってないな。そんなことは医学の常識さ、と。

若い看護師にはやらねばならないことがたくさんあった。世話をしなければならないのは、その、かつて少年だった患者だけではなかったのだ。けれども、その若い看護師は、毎日一度、その病室を訪ねては、ラジオをつけた。

しばらくして、最後の放送局の最後の放送が終わった。もう、ラジオを聴く人などほとんどいなくなっていたのだ。最後の音楽が流れた。若い看護師は、かつて少年だった患者を見た。なんだかとてもさびしそうに、看護師には見えた。

病室からラジオの音が消え、彼の顔から表情が消えた。そこにいるのは、ただ眠っている男だった。他の誰にもわからなくても、その若い看護師にはわかったのだ。

ある日のことだった。

若い看護師は、小さなパソコンを持って病室に入った。そこには、彼女の好きな音楽がたくさん入っていた。

「今日から」と若い看護師はいった。

「ラジオ放送を始めます。『病院ラジオ』の開始です！」

たったひとりのリスナーのための、たったひとりの放送局だった。若い看護師は、患者の名前を呼ぶと、こういった。

「わたしの声が聞こえますか？　知っていますね。わたしは看護師です。たくさんの人たちのお世話をしています」

そうやって、若い看護師は話し始めた。自分が聴いていたラジオ放送の真似をして。自分のことを、自分の好きな音楽や本のことを。ときには三十分、忙しいときは、十分のこともあった。けれども、毎日、休みなく、放送はつづいた。見返りは、ほんの少し、彼女にだけわかる、その患者の表情の変化だった。

正直にいえば、最初のうちは、少し苦しかった。もしかしたら、ほんとうに、この患者はただ眠っているだけなのかもしれない、と思えることもあった。だとするなら、わたしはなんのために、放送の真似ごとなんかしているのだろう。

けれども、やがて、若い看護師は気づいた。なにかを伝えることは、自分のためでもあったのだ。話しながら、音楽を流しながら、返事をすることのないその患者と話をしているような気がした。誰よりも深く、その患者は、自分の話を聞いてくれているような気がしたのだ。

そんな日が何年つづいただろう。その患者の担当ではなくなった頃、あれほど楽しかった、患者への放送にも飽きが来ていることに気づいた。それは義務になり、話すことなどもうない気もした。放送が休みの日が多くなり、たまにしか、病室に出向かなくなった。カーテンが下りて部屋が暗いこともあったが、そのことも気にならなくなった。だって、ただ眠るだけの患者なのだから。どうして、彼女を責めることができただろう。彼女には彼女の生活があったのだから。

当直明けで帰宅しようとしていたとき、看護師たちの部屋が慌ただしい雰囲気に包まれているのがわかった。「どうしたんですか？」と彼女は訊ねた。

すると先輩看護師のひとりがこう答えた。

「あの……あなたも担当していた、何十年も眠っていた患者さん、もう危ないの」

若い看護師は走った。深い後悔にさいなまれながら。

ぼくはおばあちゃんに訊ねた。
「そして、どうなったの?」
「その人は、遠くへ行こうとしていた。けれども、部屋には先生もいなくて、さっきまでいたはずの他の看護師もいなかった。だから、わたしは、最後の放送をしたの。資料に載っていた、その人が好きだった曲を流して、お別れのことばをいった。わたしの目の前で、その人は行ってしまった。何度か大きく息を吸うと、呼吸が止まったの。その人の目から大きな涙の粒がひとつこぼれた。それが最後だったわ」

おとなの姿をした、その少年は、ほんとうにラジオを聴いていたのだろうか。それとも、すべては、おばあちゃんの思い過ごしだったのだろうか。ぼくは、ぼくの頭を優しく撫でてくれるおばあちゃんの手を感じながら、そんなことを考えていた。

そうやって、ぼくは、おばあちゃんの横で時を過ごした。パパやママは、実際に行く必要なんかないじゃないか、といった。先生は学校を休んで、お見舞いに行くなんて、どうかしてる、といった。けれども、ぼくは、おばあちゃんの病室を訪ねつづけた。

その日も、ぼくは、おばあちゃんの病室を訪ねた。そして、おばあちゃんの話を聞いた。ぼくには経験も知識もなく、おばあちゃんにすることのできる話はなかった。おばあちゃんの話は、学校の誰よりも、先生よりも、パパやママよりも、他のどんなおとなの話よりもおもしろかった。まるで、ぼくが、秘密で読んでいる、紙の本の中の物語のようだった。そして、ぼくは、そんな日が永遠につづくと思いこんでいた。

おばあちゃんの話を聞きながら、ぼくは、いつものようにおばあちゃんの手を握りしめ、小さな夢の世界に落ちた。そこは、優しく、柔らかで、居心地がよく、ぼくをいじめる者など誰もいなかった。そのときだった。なにかが、おかしい。ぼくはそう思った。そして、短い眠りの底から一気に駆け上がった。

おばあちゃんが苦しそうだった。胸がせわしく上下に揺れていた。

「おばあちゃん!」ぼくが叫ぶと、おばあちゃんは呟くようにこういった。

「大丈夫だから。心配しないで、どんなことがあっても」

やがて、ロボットの医者が入ってきた。病院には、ロボットの医者とロボットの看護師しかいない。いや、人間の医者もいるのかもしれない。でも、ぼくは一度も会ったことがない。

ロボットの医者がおばあちゃんに触っている。そして、振り向くと、ぼくにいう。

「お別れのときだ」

いつの間にか、パパとママのアバターがそばにいる。パパとママのアバターが泣いている。でも、そこで泣いているのは、ただの映像だ。そして、そこで流れているのも、映像の涙なのだ。死んでゆくおばあちゃんの横にいる生きている人間はぼくだけだ。

「おばあちゃん！　イヤだ、おばあちゃん、ぼくを置いていかないで！」

最後に覚えているのは、孫の声だった。

「ぼくを置いていかないで！」と声はいった。だから、答えようとした。

「置いていくものですか」と。

けれども、もう声は出なかった。世界が暗くなり、やがて、すべての光が消えた。

彼女は、ゆっくりと歩いていた。身体が軽く、まるで飛ぶように歩けた。大昔、まだ若かった頃のように。おや、と彼女は思った。わたしは誰で、わたしはいくつなんだろう。

よくわからなかった。見上げると、目が痛くなるような、深い深い青い空が広がっていた。ひんやりとした気持ちのいい風が彼女の頰を撫でた。ああなんて素敵なんだろう。彼女は黄色い煉瓦が敷きつめられた道を歩き、やがて、濃い緑の木々におおわれた森の中へと入っていった。気がつくと、彼女は小さな建物の前にいた。おとぎ話に出てくるような、可愛らしい、小さな建物だった。彼女は、目の前にある、大きくて重いドアを開けた。

建物の中には、彼女の知らない機械がたくさんあった。そして、ひとりの少年が彼女を待っていた。

「お久しぶりです。ずっとずっと、あなたが来るのを待っていました」と少年はいった。

「あなたは、誰？」と彼女はいった。

「ずっと、あなたの放送を聴いていましたよ、あやこねえさん」

「もしかして、たかしくん？」

彼女は思い出した。ひとりの少年のために、ラジオを放送しつづけたことを。その少年は、肉体はおとなになり、老いて死んでいったけれど、取り残された心は、少年のままだったのだ。

「さあ、始めましょう」

「なにを」と彼女はいった。

「もちろん、ラジオを」と少年はいった。

「ひとたび流れた音楽は消え去ります。また、ことばも音も、どこか空の彼方へ消えてゆく。けれども、それはなくなるのではありません。どこか、この宇宙をさまよいつづけて、待っているのです。その音楽やことばを必要とする誰かのために、です」

そういうと、少年は彼女の手を引いて、椅子に座らせた。

「いま、この瞬間も、ぼくたちの音楽やことばを待っている人がいます。その人たちのためにラジオを始めましょう」

おもしろそう、と彼女は思った。なんて素敵なことなんだろう。そして、自分のこれからする放送が、あの子のところにまで届くといいのに、とも。

泣き疲れたぼくは、そのままおばあちゃんのベッドに顔を埋めていた。たったひとりで。もう機械の医者も、アバターのパパやママもいなかった。もうすぐ、おばあちゃんのからだは連れていかれてしまうのだ。さよなら、おばあちゃん。

そのときだった。なにかが起こっていることに、ぼくは気づいた。だから、ぼくは部屋を見廻した。ラジオが光っていた。死んだはずのラジオが。電気も流れず、乾電池というものも入っていないのに。そして、ラジオから音が流れはじめた。

それはぼくが生まれて初めて聴く、音楽というものだった。

ほんとうの終わり

ここまで読んでいただいてありがとう。いえ、「聴いて」いただいてありがとう。良かったら、ラジオの方も聴いてくださるとうれしいです。

この本の読者のみなさん。ラジオの「高橋源一郎の飛ぶ教室」をいつも聴いてくださっているリスナーのみなさん。番組スタッフのみなさん。そして、いつも本を作ってくださる岩波書店の上田麻里さん。ありがとうございました。番組はつづきます。もしかしたら、この本のつづきもまた、いつか。

二〇二二年一〇月一四日

高橋源一郎

本書でとりあげられた作品ほか一覧

1時間目	エーリッヒ・ケストナー『飛ぶ教室』池田香代子訳，岩波少年文庫
2時間目	五味太郎「インタビュー「ガキ」たち，チャンスだぞ　五味太郎さんから子どもたちへ」，朝日新聞朝刊，2020年4月14日
3時間目	高橋源一郎『一億三千万人のための『論語』教室』河出新書，2019年
4時間目	荒川洋治『文学は実学である』みすず書房，2020年 ベンジャミン・ザンダー「音楽と情熱」TED2008 (https://www.ted.com/talks/benjamin_zander_the_transformative_power_of_classical_music?language=ja)
6時間目	トオマス・マン『トニオ・クレエゲル』実吉捷郎訳，岩波文庫
9時間目	アルベール・カミュ『ペスト』宮崎嶺雄訳，新潮文庫
10時間目	瀬戸内寂聴『場所』新潮文庫
11時間目	「ほぼ叔父に育てられた」はてな匿名ダイアリー，2020年6月17日 (https://anond.hatelabo.jp/20200617211615)
15時間目	穂村弘『シンジケート』沖積舎，1990年(新装版，2006年)
17時間目	奥田知志「抱樸の由来」NPO法人 抱樸(ほうぼく) note，2019年12月6日 (https://note.com/npohouboku/n/n77075f99eba8)
20時間目	鷲田清一『「待つ」ということ』角川選書，2006年
21時間目	鶴見俊輔『もうろく帖』編集グループSURE，2010年
22時間目	宇佐見りん『かか』河出文庫 中上健次『十九歳の地図』河出文庫
23時間目	山口つばさ『ブルーピリオド』既刊12巻，講談社

24時間目　ドストエフスキー『地下室の手記』新潮文庫ほか
29時間目　Primera Bailarina-Ballet en Nueva York-Años 60-Música para Despertar
(https://www.youtube.com/watch?v=owb1uWDg3QM)
30時間目　柳美里『JR 上野駅公園口』河出文庫
33時間目　峯田和伸「インタビュー「俺も謝罪会見するのかな…」アーティストが語るフルボッコ社会への違和感」BuzzFeed Japan, 2020 年 12 月 7 日
34時間目　『地球の歩き方』ダイヤモンド・ビッグ社→学研プラス
37時間目　野尻抱影「星は周る」『新星座巡礼』所収, 中公文庫
39時間目　宇佐見りん『推し、燃ゆ』河出書房新社, 2020 年
41時間目　岡谷公二『郵便配達夫シュヴァルの理想宮』河出書房新社, 2019 年
47時間目　中村紘子『ピアニストという蛮族がいる』中公文庫
48時間目　『新世紀エヴァンゲリオン』TV シリーズ 全 26 話, 庵野秀明(放送当時は GAINAX 原作)原作・監督, 1995－96 年
石牟礼道子『苦海浄土――わが水俣病』(新装版)講談社文庫
49時間目　荒川洋治「会わないこと」『文学は実学である』所収, みすず書房, 2020 年
52時間目　藤子不二雄Ⓐ『81 歳いまだまんが道を…』中央公論新社, 2015 年
56時間目　古井由吉『こんな日もある　競馬徒然草』講談社, 2021 年
57時間目　高野文子「田辺のつる」『高野文子作品集　絶対安全剃刀』所収, 白泉社, 1982 年
59時間目　山田参助『あれよ星屑』全 7 巻, エンターブレイン, 2014－18 年
63時間目　『大人は判ってくれない』フランソワ・トリュフォ

ー監督，1959 年

67時間目　ジャン＝ルネ・ユグナン『荒れた海辺』荒木亨訳，筑摩書房，1965 年

68時間目　トーマス・マン『魔の山』佐藤晃一訳，『三笠版現代世界文学全集』22・23 巻，三笠書房，1955・1957 年

サン・ピエエル『ポオルとヴィルジニイ』木村太郎訳，岩波文庫

70時間目　『インテルビスタ』フェデリコ・フェリーニ監督，1987 年

『甘い生活』フェデリコ・フェリーニ監督，1960 年

72時間目　瀬戸内晴美（寂聴）『美は乱調にあり――伊藤野枝と大杉栄』岩波現代文庫ほか

73時間目　瀬戸内寂聴『場所』前掲書

75時間目　『イカゲーム』ファン・ドンヒョク原作・脚本・監督・演出，2021 年

81時間目　埴谷雄高『死霊』講談社文芸文庫ほか

ジェイムズ・ジョイス『フィネガンズ・ウェイク』鈴木幸夫ほか共訳「フィネガン徹夜祭」『早稲田文学』1969 年 2 月号

83時間目　太宰治「十二月八日」『太宰治全集 5』ちくま文庫ほか

88時間目　有吉佐和子『非色』河出文庫

高橋源一郎

1951年広島県生まれ
横浜国立大学経済学部除籍
現在－作家．元明治学院大学国際学部教授
著書－『さようなら，ギャングたち』(群像新人長篇小説賞優秀作)，『優雅で感傷的な日本野球』(三島由紀夫賞)，『日本文学盛衰史』(伊藤整文学賞)，『さよならクリストファー・ロビン』(谷崎潤一郎賞)ほか，新書に『一億三千万人のための小説教室』『読んじゃいなよ！』『ぼくらの民主主義なんだぜ』『丘の上のバカ』『ぼくたちはこの国をこんなふうに愛することに決めた』『たのしい知識』『一億三千万人のための『論語』教室』『お釈迦さま以外はみんなバカ』『「ことば」に殺される前に』『ぼくらの戦争なんだぜ』など多数

高橋源一郎の飛ぶ教室
―はじまりのことば

岩波新書(新赤版)1948

2022年11月18日　第1刷発行
2022年12月26日　第2刷発行

著　者　高橋源一郎《たかはしげんいちろう》

発行者　坂本政謙

発行所　株式会社 岩波書店
〒101-8002 東京都千代田区一ツ橋2-5-5
案内 03-5210-4000　営業部 03-5210-4111
https://www.iwanami.co.jp/

新書編集部 03-5210-4054
https://www.iwanami.co.jp/sin/

印刷製本・法令印刷　カバー・半七印刷

ISBN 978-4-00-431948-1　Printed in Japan
JASRAC 出 2207892-202

岩波新書新赤版一〇〇〇点に際して

ひとつの時代が終わったと言われて久しい。だが、その先にいかなる時代を展望するのか、私たちはその輪郭すら描きえていない。二〇世紀から持ち越した課題の多くは、未だ解決の緒を見つけることのできないままであり、二一世紀が新たに招きよせた問題も少なくない。グローバル資本主義の浸透、憎悪の連鎖、暴力の応酬——世界は混沌として深い不安の只中にある。

現代社会においては変化が常態となり、速さと新しさに絶対的な価値が与えられた。消費社会の深化と情報技術の革命は、種々の境界を無くし、人々の生活やコミュニケーションの様式を根底から変容させてきた。ライフスタイルは多様化し、一面では個人の生き方をそれぞれが選びとる時代が始まっている。同時に、新たな格差が生まれ、様々な次元での亀裂や分断が深まっている。社会や歴史に対する意識が揺らぎ、普遍的な理念に対する根本的な懐疑や、現実を変えることへの無力感がひそかに根を張りつつある。そして生きることに誰もが困難を覚える時代が到来している。

しかし、日常生活のそれぞれの場で、自由と民主主義を獲得し実践することを通じて、私たち自身がそうした閉塞を乗り超え、希望の時代の幕開けを告げてゆくことは不可能ではあるまい。そのために、いま求められていること——それは、個と個の間で開かれた対話を積み重ねながら、人間らしく生きることの条件について一人ひとりが粘り強く思考することではないか。その営みの糧となるものが、教養に外ならないと私たちは考える。歴史とは何か、よく生きるとはいかなることか、世界そして人間はどこへ向かうべきなのか——こうした根源的な問いとの格闘が、文化と知の厚みを作り出し、個人と社会を支える基盤としての教養となった。まさにそのような教養への道案内こそ、岩波新書が創刊以来、追求してきたことである。

岩波新書は、日中戦争下の一九三八年一一月に赤版として創刊された。創刊の辞は、道義の精神に則らない日本の行動を憂慮し、批判的精神と良心的行動の欠如を戒めつつ、現代人の現代的教養を刊行の目的とする、と謳っている。以後、青版、黄版、新赤版と装いを改めながら、合計二五〇〇点余りを世に問うてきた。そして、いままた新赤版が一〇〇〇点を迎えたのを機に、人間の理性と良心への信頼を再確認し、それに裏打ちされた文化を培っていく決意を込めて、新しい装丁のもとに再出発したいと思う。一冊一冊から吹き出す新風が一人でも多くの読者の許に届くこと、そして希望ある時代への想像力を豊かにかき立てることを切に願う。

（二〇〇六年四月）

随筆

知的文章術入門　黒木登志夫
人生の1冊の絵本　柳田邦男
レバノンから来た能楽師の妻　梅若マドレーヌ　竹内要江訳
二度読んだ本を三度読む　柳広司
原民喜 死と愛と孤独の肖像　梯久美子
声優 声の職人　森川智之
生と死のことば 中国の名言を読む　川合康三
正岡子規 人生のことば　復本一郎
作家的覚書　髙村薫
落語と歩く　田中敦
文庫解説ワンダーランド　斎藤美奈子
俳句世がたり　小沢信男
日本の一文30選　中村明
ナグネ 中国朝鮮族の友と日本　最相葉月
子どもと本　松岡享子

医学探偵の歴史事件簿 ファイル2　小長谷正明
里の時間　芥川仁　阿部直美
閉じる幸せ　残間里江子
女の一生　伊藤比呂美
仕事道楽 新版 スタジオジブリの現場　鈴木敏夫
医学探偵の歴史事件簿　小長谷正明
もっと面白い本　成毛眞
99歳一日一言　むのたけじ
土と生きる 循環農場から　小泉英政
なつかしい時間　長田弘
ラジオのこちら側で◆　ピーター・バラカン
面白い本　成毛眞
百年の手紙　梯久美子
本へのとびら　宮崎駿
ぼんやりの時間◆　辰濃和男
思い出袋　鶴見俊輔
活字たんけん隊　椎名誠
道楽三昧　小沢昭一　神崎宣武聞き手

文章のみがき方　辰濃和男
悪あがきのすすめ　辛淑玉
水の道具誌　山口昌伴
スローライフ　筑紫哲也
森の紳士録◆　池内紀
沖縄生活誌◆　高良勉
シナリオ人生◆　新藤兼人
怒りの方法　辛淑玉
伝言　永六輔
活字の海に寝ころんで　椎名誠
四国遍路　辰濃和男
嫁と姑　永六輔
老人読書日記　新藤兼人
親と子　永六輔
夫と妻　永六輔
活字博物誌　椎名誠
商（あきんど）人　永六輔
芸人　永六輔
現代人の作法　中野孝次
職人　永六輔

岩波新書より

二度目の大往生	永　六輔
あいまいな日本の私	大江健三郎
大往生	永　六輔
文章の書き方	辰濃和男
命こそ宝 沖縄反戦の心	阿波根昌鴻
白球礼讃 ベースボールよ永遠に	平出　隆
ラグビー 荒ぶる魂	大西鉄之祐
活字のサーカス	椎名　誠
新つけもの考	前田安彦
プロ野球審判の眼	島　秀之助
マンボウ雑学記	北　杜夫
東西書肆街考	脇村義太郎
アメリカ遊学記	都留重人
ヒマラヤ登攀史〔第二版〕	深田久弥
続 羊の歌 わが回想	加藤周一
羊の歌 わが回想	加藤周一
知的生産の技術	梅棹忠夫
論文の書き方	清水幾太郎
本の中の世界	湯川秀樹

私の読書法	大内兵衛 茅　誠司 他
一日一言 人類の知恵	桑原武夫編
続 私の信条	恒藤　恭 大内兵衛 鈴木大拙
私の信条	安倍能成 志賀直哉 小泉信三
書物を焼くの記	鄭　振鐸 安藤彦太郎 斎藤秋男 訳
モゴール族探検記	梅棹忠夫
インドで考えたこと	堀田善衛
ヒロシマ・ノート	大江健三郎
追われゆく坑夫たち	上野英信
地の底の笑い話	上野英信
ものいわぬ農民	大牟羅良
抵抗の文学	加藤周一
北極飛行	ヴォドピヤーノフ 米川正夫 訳
余の尊敬する人物	矢内原忠雄

岩波新書より

一億三千万人のための 小説教室　高橋源一郎
花を旅する　栗田勇
一葉の四季　森まゆみ
西遊記　中野美代子
中国文章家列伝　井波律子
太宰治　細谷博
隅田川の文学　久保田淳
ジェイムズ・ジョイスの謎を解く　柳瀬尚紀
戦後文学を問う　川村湊
三国志演義　井波律子
短歌をよむ　俵万智
新しい文学のために　大江健三郎
歌い来しかた わが短歌戦後史　近藤芳美
四谷怪談 悪意と笑い　廣末保
万葉群像　北山茂夫
折々のうた　大岡信
詩への架橋　大岡信
アメリカ感情旅行　安岡章太郎

読書論　小泉信三
黄表紙・洒落本の世界　水野稔
詩の中にめざめる日本　真壁仁編
日本の現代小説　中村光夫
日本の近代小説　中村光夫
平家物語◆　石母田正
源氏物語◆　秋山虔
古事記の世界◆　西郷信綱
日本文学の古典〔第二版〕　西郷信綱 永積安明 広末保
李白　A・ウェイリー 小川環樹 栗山稔 訳
新唐詩選　吉川幸次郎 三好達治
中国文学講話　倉石武四郎
ギリシア神話◆　高津春繁
文学入門　桑原武夫
万葉秀歌 上・下　斎藤茂吉

(2021.10)　◆は品切，電子書籍版あり．(P2)

岩波新書より

教育

大学は何処へ 未来への設計　吉見俊哉
教育は何を評価してきたのか　本田由紀
小学校英語のジレンマ　寺沢拓敬
アクティブ・ラーニングとは何か　渡部淳
保育の自由　近藤幹生
異才、発見！　伊藤史織
パブリック・スクール　新井潤美
新しい学力　齋藤孝
学びとは何か　今井むつみ
考え方の教室　齋藤孝
学校の戦後史　木村元
保育とは何か　近藤幹生
中学受験　横田増生
いじめ問題をどう克服するか　尾木直樹
教育委員会　新藤宗幸

先生！　池上彰編
教師が育つ条件　今津孝次郎
大学とは何か　吉見俊哉
赤ちゃんの不思議　開一夫
日本の教育格差　橘木俊詔
社会力を育てる　門脇厚司
子どもが育つ条件　柏木惠子
障害児教育を考える　茂木俊彦
誰のための「教育再生」か　藤田英典編
教育力　齋藤孝
思春期の危機をどう見るか　尾木直樹
幼児期　岡本夏木
教科書が危ない　入江曜子
「わかる」とは何か　長尾真
学力があぶない　大野晋・上野健爾
ワークショップ　中野民夫
子どもの危機をどう見るか　尾木直樹

子どもの社会力　門脇厚司
教育改革　藤田英典
子どもとあそび　仙田満
子どもと学校　河合隼雄
教育とは何か　大田堯
からだ・演劇・教育　竹内敏晴
教育入門　堀尾輝久
子どもの宇宙　河合隼雄
子どもとことば　岡本夏木
自由と規律　池田潔
私は二歳　松田道雄
私は赤ちゃん　松田道雄
ある小学校長の回想　金沢嘉市

(2021.10)　◆は品切，電子書籍版あり．(M)

岩波新書より

言語

英語独習法　今井むつみ
『広辞苑』をよむ　今野真二
60歳からの外国語修行　メキシコに学ぶ　青山南
やさしい日本語　庵功雄
世界の名前　岩波書店辞典編集部編
英語学習は早いほど良いのか　バトラー後藤裕子
ものの言いかた西東　小林隆　澤村美幸
日本語スケッチ帳　田中章夫
日本語の考古学　今野真二
辞書の仕事◆　増井元
実践 日本人の英語　マーク・ピーターセン
ことばの力学　白井恭弘
百年前の日本語◆　今野真二
女ことばと日本語　中村桃子
テレビの日本語　加藤昌男
日本語雑記帳　田中章夫
英語で話すヒント◆　小松達也
仏教漢語50話　興膳宏
語感トレーニング　中村明
曲り角の日本語　水谷静夫
日本語の古典　山口仲美
ことばと思考　今井むつみ
漢文と東アジア　金文京
外国語学習の科学　白井恭弘
日本語の源流を求めて　大野晋
英文の読み方　行方昭夫
ことば遊びの楽しみ　阿刀田高
日本語の歴史　山口仲美
日本の漢字　笹原宏之
ことばの由来　堀井令以知
コミュニケーション力　齋藤孝
漢字と中国人　大島正二
日本語の教室　大野晋
伝わる英語表現法　長部三郎
日本人はなぜ英語ができないか　鈴木孝夫
心にとどく英語　マーク・ピーターセン
日本語練習帳　大野晋
翻訳と日本の近代　丸山真男　加藤周一
日本語ウォッチング　井上史雄
教養としての言語学　鈴木孝夫
日本語の起源〔新版〕　大野晋
日本人の英語 続　マーク・ピーターセン
日本語と外国語　鈴木孝夫
日本人の英語　マーク・ピーターセン
日本語〔新版〕上・下　金田一春彦
ことばの道草　岩波書店辞典編集部編
日本語の構造　中島文雄
ことばとイメージ　川本茂雄
外国語上達法　千野栄一
記号論への招待　池上嘉彦
翻訳語成立事情　柳父章
ことばと国家　田中克彦
日本語の文法を考える　大野晋
ヨーロッパの言語　泉井久之助

岩波新書より

- 鳥獣害 動物たちと、どう向きあうか　祖田修
- 科学者と戦争　池内了
- 新しい幸福論　橘木俊詔
- ブラックバイト 学生が危ない　今野晴貴
- 原発プロパガンダ　本間龍
- ルポ 母子避難　吉田千亜
- 日本にとって沖縄とは何か　新崎盛暉
- 日本病 長期衰退のダイナミクス　金子勝　児玉龍彦
- 雇用身分社会　森岡孝二
- 生命保険とのつき合い方　出口治明
- ルポ にっぽんのごみ　杉本裕明
- 鈴木さんにも分かるネットの未来　川上量生
- 地域に希望あり　大江正章
- 世論調査とは何だろうか　岩本裕
- フォト・ストーリー 沖縄の70年　石川文洋
- ルポ 保育崩壊　小林美希
- 多数決を疑う 社会的選択理論とは何か　坂井豊貴

- アホウドリを追った日本人　平岡昭利
- 朝鮮と日本に生きる　金時鐘
- 被災弱者　岡田広行
- 農山村は消滅しない　小田切徳美
- 復興〈災害〉　塩崎賢明
- 「働くこと」を問い直す　山崎憲
- 原発と大津波 警告を葬った人々　添田孝史
- 縮小都市の挑戦　矢作弘
- 福島原発事故 被災者支援政策の欺瞞　日野行介
- 日本の年金　駒村康平
- 食と農でつなぐ 福島から　塩谷弘康　岩崎由美子
- 過労自殺〔第二版〕　川人博
- 金沢を歩く　山出保
- ドキュメント 豪雨災害　稲泉連
- ひとり親家庭　赤石千衣子
- 女のからだ フェミニズム以後　荻野美穂
- 〈老いがい〉の時代　天野正子
- 子どもの貧困Ⅱ　阿部彩

- 性と法律　角田由紀子
- ヘイト・スピーチとは何か　師岡康子
- 生活保護から考える◆　稲葉剛
- かつお節と日本人　宮内泰介　藤林泰
- 家事労働ハラスメント　竹信三恵子
- 福島原発事故 県民健康管理調査の闇　日野行介
- 電気料金はなぜ上がるのか　朝日新聞経済部
- おとなが育つ条件　柏木惠子
- 在日外国人〔第三版〕　田中宏
- まち再生の術語集　延藤安弘
- 震災日録 記憶を記録する　森まゆみ
- 原発をつくらせない人びと　山秋真
- 社会人の生き方　暉峻淑子
- 構造災 科学技術社会に潜む危機　松本三和夫
- 家族という意志　芹沢俊介
- ルポ 良心と義務　田中伸尚
- 飯舘村は負けない　千葉悦子　松野光伸
- 夢よりも深い覚醒へ　大澤真幸

(2021.10)　◆は品切，電子書籍版あり．　(D2)